COLLECTION FOLIO

Vladimir Nabokov

Natacha

et autres nouvelles

*Traduit du russe
par Bernard Kreise*

Gallimard

Ces nouvelles sont extraites du recueil
Nouvelles complètes (Quarto).

© *Dmitri Nabokov, 1995, 2002, 2008.*
© *Éditions Gallimard, 1990 et 2010*
pour la traduction française.

Vladimir Nabokov est né le 22 avril 1899, à Saint-Pétersbourg, dans une famille de l'aristocratie libérale. Très jeune, il parle russe, mais aussi français et anglais, et étudie à l'Institut Tenichev, un lycée d'avant-garde. Il publie ses premiers poèmes en 1914. Son père étant membre de la première Douma de 1906, la révolution d'Octobre, en 1917, oblige la famille Nabokov à quitter la Russie en abandonnant son immense fortune ; elle s'installe à Londres où il étudie au Trinity College de Cambridge, puis à Berlin. En mars 1922, son père est assassiné par des Russes blancs d'extrême droite et Nabokov quitte Berlin pour Paris. Il y exerce différents métiers pour gagner sa vie : professeur de tennis, de boxe, d'anglais, précepteur... Passionné d'échecs, il publie des problèmes dans différentes revues et traduit *Alice au pays des merveilles* en russe. Il épouse Véra Slonim en 1925 et publie son premier roman, *Machenka*, une histoire d'émigrés russes, l'année suivante. Suivent *Roi, dame, valet* et *La défense Loujine*. Malgré la reconnaissance de la critique, Nabokov vit dans la misère. Dès l'accession de Hitler au pouvoir, Nabokov envisage de quitter l'Allemagne, mais faute d'argent ce n'est qu'en 1937 qu'il s'installe à Paris avec sa femme, qui est juive, et leur fils Dmitri. Il écrit son premier roman en anglais, *La vraie vie de Sebastien Knight*, et traduit lui-même en anglais *La méprise* afin de faire connaître son œuvre. En 1940, il émigre aux États-Unis par le dernier bateau quittant l'Europe. Il enseigne la langue et la littérature russes à l'université de Stanford et travaille au musée de zoologie de Harvard comme spécialiste des papillons. Quelques années plus tard, il devient citoyen américain. Son troisième roman en anglais, refusé par les éditeurs américains, paraît en 1955 à Paris. C'est *Lolita*. Le roman qui raconte l'amour d'un quadragénaire, Humbert Humbert, pour une jeune adolescente, Lolita, fait scandale et assure une célébrité mondiale à son auteur. En 1961, sa situation matérielle assurée par les droits de ce roman, il s'installe au Montreux Palace Hôtel en Suisse où il continue à écrire : *Feu pâle*, *Ada ou l'ardeur*, une traduction commentée d'*Eugène Onéguine* de Pouchkine. En 1962, Stanley Kubrick adapte *Lolita* au cinéma sur un scénario de l'écrivain. Vladimir Nabokov meurt à Montreux en juillet 1977, laissant une œuvre brillante et provocatrice composée de nombreux romans et nouvelles. En 1990, paraît un recueil de nouvelles, *La Vénitienne*.

Écrivain cosmopolite, la notion d'exil est profondément ancrée dans tous ses textes, entrelaçant rêve et réalité.

Découvrez, lisez ou relisez les livres de Nabokov :

ADA OU L'ARDEUR (Folio n° 2587)

AUTRES RIVAGES (Folio n° 2296)

BRISURE À SENESTRE (Folio n° 5151)

LA DÉFENSE LOUJINE (Folio n° 2217)

LE DON (Folio n° 2340)

L'EXPLOIT (Folio n° 4996)

FEU PÂLE (Folio n° 2252)

LE GUETTEUR (Folio n° 1580)

INVITATION AU SUPPLICE (Folio n° 1172)
LOLITA (Folio n° 3532)
MACHENKA (Folio n° 2449)
LA MÉPRISE (Folio n° 2295)
PNINE (Folio n° 2339)
REGARDE, REGARDE LES ARLEQUINS (Folio n° 2427)
ROI, DAME, VALET (Folio n° 702)
LA TRANSPARENCE DES CHOSES (Folio n° 2532)
LA VÉNITIENNE ET AUTRES NOUVELLES, *précédé de* Le rire et les rêves *et de* Bois laqué (Folio n° 2493)
LA VRAIE VIE DE SEBASTIEN KNIGHT (Folio n° 1081)
UN COUP D'AILE suivi de LA VÉNITIENNE (Folio 2 € n° 3930)

Natacha

Natacha, nouvelle écrite en russe probablement autour de 1921 sous le nom de Vladimir Sirine. Retrouvée dans les archives Nabokov de Washington, la première traduction anglaise de Dmitri Nabokov a été publiée sous le titre *Natasha* dans *The New Yorker*, le 9 juin 2008.

Cette traduction du russe de Bernard Kreise est la première en français, à partir du texte russe original.

1

Natacha croisa dans l'escalier le baron Wolf, de la chambre voisine : il caressait de sa main la rampe et sifflotait entre ses dents en gravissant d'un pas lourd les marches de bois nu.

— Où courez-vous, Natacha ?
— À la pharmacie. J'apporte une ordonnance. Le docteur vient de partir. Papa se sent mieux.
— Ah ! Voilà une bonne nouvelle...

Elle fila devant lui, sans chapeau, vêtue de son mackintosh bruissant.

Penché par-dessus la rampe, Wolf la regarda descendre : l'espace d'un instant, il aperçut d'en haut la raie qui partageait ses cheveux lisses de jeune fille. Il atteignit le dernier étage en continuant de siffler, jeta sur son lit sa serviette humide de pluie, se lava les mains, puis les essuya vigoureusement et avec plaisir. Ensuite, il frappa à la porte du vieux Khrenov.

Celui-ci occupait avec sa fille une chambre de l'autre côté du couloir ; Natacha dormait sur un canapé, canapé qui possédait d'étonnants ressorts roulant et saillant comme des mottes métalliques sous le velours avachi. Il y avait également une table en bois brut, recouverte d'un journal maculé de taches d'encre. Des tubes à cigarettes traînaient dessus. Khrenov, un petit vieux maigrichon et malade, vêtu d'une chemise de nuit jusqu'aux talons, s'enfonça dans son lit en le faisant grincer et tira le drap sur lui quand la grosse tête rasée de Wolf surgit dans l'embrasure de la porte.

— Je vous en prie, je suis ravi, entrez.

Le vieillard avait du mal à respirer, la porte de sa table de nuit était restée entrouverte.

— On dit que vous vous rétablissez tout à fait, Alexeï Ivanytch, lança le baron Wolf qui s'assit près du lit en se donnant une claque sur les genoux.

Khrenov lui tendit une main jaune et poisseuse, il hocha la tête.

— Que ne dit-on pas... Moi, je sais parfaitement que...

Ses lèvres émirent un son expirant.

— Fadaises ! l'interrompit jovialement Wolf qui sortit de la poche arrière de son pantalon un immense porte-cigarettes en argent. On peut fumer ?

Il manipula longuement son briquet, en faisant crépiter sa mollette dentée. Khrenov ferma à demi les yeux : ses paupières étaient bleuâtres, comme des membranes de grenouille. Des poils gris hérissaient son menton pointu.

— Il en sera ainsi, murmura-t-il sans ouvrir les yeux. Ils ont tué mes deux fils, ils nous ont chassés, Natacha et moi, du nid familial, et maintenant, il ne me reste plus qu'à mourir dans une ville étrangère. Tout cela est d'une telle stupidité...

Wolf s'exprimait d'une voix forte et distincte. Il affirma que Khrenov allait vivre encore longtemps, Dieu merci, qu'au printemps ils retourneraient tous en Russie avec les cigognes, et il raconta tout de suite un épisode de son passé :

— C'était au cours de mes errances au Congo, commença-t-il, et sa silhouette, qui avait tendance à l'embonpoint, oscilla. Oui, dans le lointain Congo, mon cher Alexeï Ivanytch, dans la jungle, voyez-vous... Imaginez un village perdu au milieu de la forêt, des femmes noires aux seins pendants, et entre les cases, noires comme de l'astrakan, le miroitement de l'eau. Là, sous un arbre gigantesque — qu'on appelle un kirouko —, il y a des fruits orange qui ressemblent à des balles de caoutchouc, et la nuit, on a l'impression d'entendre le ressac de la mer dans le tronc. J'ai eu une longue discussion avec le roitelet du coin. Un ingénieur belge me servait d'interprète : c'était également un homme curieux. Il jurait d'ailleurs qu'en 1895, il avait vu un ichtyosaure dans des marais, non loin du lac Tanganyika. Le roitelet en question était peinturluré avec du bleu de cobalt, orné d'anneaux, gras, avec un ventre comme de la gelée. Et voici ce qui se passa...

Wolf, qui savourait son récit, sourit en caressant sa tête bleu clair, ses yeux humides devinrent songeurs.

— Natacha est de retour, annonça Khrenov d'une voix douce et ferme, sans relever les paupières.

Wolf rosit aussitôt et regarda derrière lui. L'instant d'après, il entendit le claquement lointain de la serrure de la porte d'entrée, puis un bruissement de pas dans le couloir et Natacha entra précipitamment, les yeux radieux.

— Eh bien, comment ça va, papa ?

Avec une feinte désinvolture, Wolf se leva et dit :

— Votre père est en parfaite santé : je ne comprends pas pourquoi il reste alité... Je m'apprêtais à lui raconter l'histoire d'une sorcière africaine.

Natacha sourit à son père, déballa le médicament :

— Il pleut, dit-elle à voix basse. Il fait affreusement mauvais.

Comme on pouvait s'y attendre, les deux hommes regardèrent par la fenêtre. À cet instant, une veine d'un gris bleuâtre se gonfla sur le cou de Khrenov et il renversa de nouveau la tête sur ses oreillers.

Natacha, avançant les lèvres, compta les gouttes, tandis que ses cils clignotaient en mesure. Ses cheveux bruns et lisses étaient parsemés de perles de pluie, des ombres charmantes bleuissaient sous ses yeux.

2

De retour dans sa chambre, Wolf l'arpenta pendant un certain temps ; souriant d'un air déconcerté et heureux, tantôt il s'affalait lourdement dans un fauteuil, tantôt sur le bord de son lit ;

bizarrement, il ouvrit sa fenêtre et regarda en contrebas la cour qui gargouillait. Finalement, après avoir haussé nerveusement l'épaule, il se coiffa d'un chapeau vert et sortit.

Le vieux Khrenov, assis sur le canapé, tout recroquevillé, tandis que Natacha refaisait son lit pour la nuit, remarqua d'une voix éteinte, à peine audible :

— Wolf est sorti pour dîner.

Puis il soupira et s'enveloppa plus étroitement dans une couverture.

— C'est prêt, dit Natacha. Vas-y, papa.

Ils étaient entourés par la ville humide du soir — les torrents noirs des rues, les dômes mobiles et brillants des parapluies, les lumières des vitrines qui dégoulinaient sur l'asphalte. La pluie tombait avec la nuit, emplissant les cours profondes, elle tremblait dans les yeux des prostituées aux jambes fines qui allaient et venaient lentement dans les carrefours animés. Et quelque part au-dessus d'elles, les cercles d'ampoules publicitaires s'allumaient par intermittence rapide, comme si une roue de lumière tournait.

Avec la tombée de la nuit, la température de Khrenov monta, le thermomètre était chaud, vivant, la petite colonne de mercure grimpa très haut sur l'échelle rouge. Il marmonna longuement des paroles incompréhensibles, se mordant les lèvres, hochant la tête, puis il s'endormit. Natacha se déshabilla à la lumière incertaine d'une bougie ; dans une vitre sombre de la fenêtre elle aperçut son reflet, ce cou fin et pâle, cette natte brune qui tombait sur la clavicule. Elle demeura dans une douce hébétude et eut soudain l'impression que la chambre, avec son canapé, avec sa table parsemée de tubes à cigarettes, avec son lit où un vieillard en sueur au nez pointu dormait la bouche ouverte d'un sommeil agité, que la chambre bougeait, voguait comme le pont d'un navire qui avance dans la nuit noire. Alors, en soupirant, elle passa la main sur son épaule chaude et nue, et, légèrement emportée par le tournis, se laissa choir sur le canapé. Puis, avec un vague sourire, elle se mit à rouler, à retirer de ses jambes ses bas de soie grise abondamment ravaudés, et la chambre recommença à flotter, elle avait l'impression que quelqu'un lui soufflait de l'air chaud dans le cou, dans la nuque. Elle ouvrit grand ses yeux sombres en amande, avec un reflet bleuâtre dans le blanc. Une mouche d'automne tournoya autour de la bougie et, tel un petit pois noir vrombissant, se cogna contre un mur. Natacha se glissa lentement sous la couverture et s'étendit en ressentant, comme venue d'ailleurs, la chaleur de son propre corps, de ses cuisses élancées, de ses bras nus croisés sous la nuque. Elle avait la paresse d'éteindre la bougie, la paresse de chasser les fourmillements voluptueux qui lui contractaient inconsciemment les genoux et lui fermaient les yeux. Khrenov poussa un gémissement douloureux et leva un bras dans son sommeil. Son bras retomba, comme mort. Natacha se souleva et souffla la bougie. Des cercles multicolores flottèrent devant ses yeux.

« Je me sens étonnamment bien », songea-t-elle, avant d'éclater de rire dans son oreiller. Elle était maintenant toute repliée sur le canapé, elle se donnait l'impression d'être extraordinairement petite ; dans sa tête, telles des étincelles chaudes, toutes ses pensées s'éparpillaient mollement et glissaient. À peine commençait-elle à sombrer dans le sommeil qu'un cri guttural et furieux l'interrompit.

— Papa, mon petit papa, qu'est-ce qu'il y a ?

Elle fouilla sur la table, alluma la bougie.

Khrenov était assis sur son lit, sa respiration était tumultueuse, ses doigts agrippaient le col de sa chemise. Quelques minutes auparavant, il s'était réveillé, pétrifié de terreur en prenant le cadran phosphorescent du réveil posé à côté de lui sur une chaise pour la bouche d'un fusil immobile pointé sur lui. Il attendait que le coup parte et n'osait bouger, puis, incapable de se retenir, il cria. Maintenant, il regardait sa fille en clignant des yeux, avec un sourire tremblotant.

— Mon petit papa, calme-toi, ce n'est rien...

En faisant entendre le doux bruit de ses pieds nus, elle lui arrangea ses oreillers, elle toucha son front poisseux, couvert de sueur froide. Lui se retourna contre le mur avec un profond soupir en continuant de frissonner :

— Tous, tous... et moi aussi, marmonna-t-il. C'est cauchemardesque... Ce n'est pas possible.

Et il s'endormit, comme s'il s'était écroulé quelque part.

Natacha se recoucha : le canapé devint encore plus cahoteux, les ressorts lui rentraient tantôt dans les flancs, tantôt dans les omoplates, mais elle finit par trouver la bonne position et partit voguer dans le même rêve interrompu, incroyablement chaud, dont elle gardait la sensation, mais dont elle ne se souvenait plus. Plus tard, à l'aube, elle se réveilla de nouveau. Son père l'appelait.

— Natacha, je ne me sens pas bien... Donne-moi à boire.

Chancelant quelque peu de sommeil et imprégnée de l'aube bleuâtre, elle se dirigea vers le lavabo où elle fit cliqueter une carafe.

Khrenov but avidement et péniblement :

— C'est affreux de penser que je ne reviendrai plus jamais.

— Dors, papa, essaie de dormir encore.

Natacha jeta sur ses épaules une petite robe de chambre de flanelle, elle s'assit au pied du lit de son père. Il répéta plusieurs fois « c'est affreux ». Puis il sourit, épouvanté.

— J'ai toujours l'impression, Natacha, que je traverse notre village. Tu t'en souviens, près de la rivière, là où il y a une scierie ? On a du mal à marcher. Tu sais, il y a de la sciure. De la sciure et du sable. On s'y empêtre. Ça grattouille. Une fois, quand on allait à l'étranger...

Il plissa le front, suivant avec difficulté le déroulement de sa propre pensée trébuchante.

Natacha se souvint de lui à l'époque avec une acuité extraordinaire, elle se souvint de sa barbe blonde, de ses gants de suède gris, de sa casquette de marche à carreaux qui évoquait d'une certaine façon un sac en caoutchouc pour une éponge, et elle sentit soudain qu'elle était au bord des larmes.

— Oui. C'est donc ainsi, fit Khrenov d'une voix indifférente, en regardant le brouillard de l'aube.

— Dors encore un peu, papa. Je me souviens de tout...

Il but de nouveau de l'eau, avec maladresse, il se frotta le visage dans ses mains et se renversa sur ses oreillers.

Dans la cour, un coq poussa son chant spasmodique et enjôleur...

3

Quand le lendemain matin, Wolf frappa à la porte des Khrenov vers onze heures, de la vaisselle cliqueta d'effroi, le rire de Natacha se répandit et un instant plus tard elle jaillit dans le couloir après avoir précautionneusement refermé la porte derrière elle.

— Je suis si contente, papa est beaucoup mieux aujourd'hui.

Elle portait un corsage blanc, une robe beige boutonnée sur le côté. Ses yeux brillants étaient heureux.

— La nuit a été affreusement agitée, reprit Natacha d'une voix précipitée, mais il est tout à fait dispos maintenant, sa température est normale. Il a même décidé de se lever. Je viens de lui faire sa toilette.

— Il y a du soleil aujourd'hui, dit Wolf d'une voix mystérieuse. Je ne suis pas allé au travail...

Ils restaient là, dans le couloir plongé dans la pénombre, adossés au mur, ne sachant quoi dire.

— Qu'en pensez-vous, Natacha... commença

Wolf qui s'était résolu soudain à lui adresser la parole en détachant du mur son dos large et mou, et il enfonça ses mains au fond des poches de son pantalon gris et froissé. Si on allait à la campagne aujourd'hui ? On sera de retour à six heures. Hein ?

Natacha qui demeurait immobile, une épaule également appuyée contre le mur, s'en écarta légèrement, elle aussi.

— Comment puis-je laisser papa ? D'ailleurs...
Wolf fut soudain joyeux.

— Natacha, ma chère, je vous en prie. Votre père se sent bien aujourd'hui, n'est-ce pas. Et puis la logeuse est juste à côté, en cas de besoin...

— Oui, c'est vrai. Je vais lui dire.

Et elle retourna dans la chambre avec un froufrou de sa robe.

Khrenov, qui était habillé mais sans son col, cherchait quelque chose sur la table avec des gestes empreints de faiblesse.

— Natacha, tu as oublié d'acheter les journaux hier. Ah, là, là !

Elle manœuvra le réchaud à alcool et prépara du thé.

— Papa, je vais aller à la campagne aujourd'hui, Wolf me l'a proposé.

— Vas-y, bien sûr, ma petite chérie, dit Khrenov, tandis que le blanc de ses yeux aux reflets bleutés s'emplissait de larmes. Je me sens mieux aujourd'hui, vraiment. Il n'y a que cette faiblesse stupide...

Après le départ de Natacha, il se remit à fouiller dans la pièce, toujours à la recherche de quelque chose... Il essaya d'écarter le canapé en gloussant doucement, puis jeta un œil en dessous : allongé sur le sol, face contre terre, il resta dans cette position, car sa tête s'était mise à tourner au point de lui donner la nausée. Lentement, péniblement, il se remit sur pied, se traîna jusqu'à son lit et se coucha... Il eut alors de nouveau l'impression de traverser un pont, d'entendre le vacarme de la scierie, que des troncs jaunes flottaient et que ses pieds pataugeaient dans la sciure humide, qu'un vent frais soufflait de la rivière et le transperçait...

 4

— Les voyages, oui... Ah, Natacha, j'ai eu parfois l'impression d'être un dieu. À Ceylan, j'ai vu le Palais des Ombres et à Madagascar j'ai tué à la chevrotine de minuscules oiseaux émeraude. Là-bas, les indigènes portent des colliers faits de vertèbres et chantent des airs bien étranges, la nuit, au bord de la mer. On dirait des chacals qui feraient de la musique. J'ai vécu dans une tente non loin de Tamatave où le matin la terre est rouge et la mer bleu foncé. Je ne peux vous décrire cette mer.

Wolf se tut et lança doucement en l'air une pomme de pin. Puis il passa sa main boudinée sur son visage, de haut en bas, et éclata de rire.

— Et maintenant, je suis un miséreux, empêtré dans la plus malencontreuse de toutes les villes d'Europe, assis du matin au soir dans un bureau, comme un ballot, et le soir je mâchonne un sandwich au saucisson dans un bistrot pour chauffeurs de taxi. Mais à une époque, j'ai...

Natacha restait allongée sur le dos, appuyée sur les coudes ; elle regardait les cimes des pins illuminées avancer doucement dans le firmament turquoise pâle. Son regard était fixé sur ce ciel et des points lumineux tournoyaient, scintillaient et confluaient dans ses yeux. De temps en temps, quelque chose volait d'un pin à l'autre, tel un spasme doré. À côté d'elle, près de ses jambes croisées, assis dans son ample costume gris et penchant sa tête rasée, le baron Wolf ne cessait de faire sauter dans ses mains sa pomme de pin sèche.

Natacha soupira.

— Au Moyen Âge, dit-elle en regardant la cime des pins, on m'aurait brûlée sur le bûcher ou considérée comme une sainte. J'éprouve d'étranges sensations. C'est une sorte d'extase. Je suis alors toute légère, je flotte quelque part, et je comprends tout — la vie, la mort, tout... Une fois, quand j'avais une dizaine d'années, j'étais assise dans la salle à manger et je dessinais. Puis je me suis sentie fatiguée et je suis devenue songeuse. Soudain, une femme est entrée précipitamment, pieds nus ; elle portait des vêtements bleus délavés ; elle avait un grand ventre lourd, mais un visage émacié, petit, jaune, et des yeux extraordinairement caressants, extraordinairement mystérieux... Sans me jeter un coup d'œil, cette femme est passée en hâte, puis a disparu dans la pièce voisine. Je n'ai pas eu peur, car, je ne sais pourquoi, je me suis dit qu'elle était venue laver le plancher. Je ne l'ai plus jamais revue, mais vous savez qui était-ce ?... La Mère de Dieu.

Wolf sourit.

— Pourquoi pensez-vous cela, Natacha ?

— Je le sais. Elle m'est apparue en rêve cinq ans plus tard : elle tenait un enfant, et des chérubins étaient accoudés à ses pieds, exactement comme chez Raphaël, mais ils étaient vivants. En outre, il m'arrive d'avoir d'autres visions, de petites visions, toutes petites. Quand on a appréhendé mon père à Moscou et que je suis restée seule à la maison, il s'est passé la chose suivante : il y avait une petite cloche en cuivre sur le bureau, comme celle qu'on pend au cou des vaches dans le Tyrol. Et soudain, elle s'est élevée en l'air, elle a tinté avant de retomber. Un son aussi merveilleux et pur, je ne l'ai jamais plus...

Wolf la regarda d'un air bizarre, il lança la pomme de pin au loin, et dit d'une voix froide, étouffée :

— Je dois vous avouer quelque chose, Natacha. Voici : je ne suis jamais allé ni en Afrique ni en Inde. Ce ne sont que des mensonges. J'ai près de trente ans maintenant, et hormis deux ou trois villes russes, une douzaine de villages et ce pays stupide où nous nous trouvons, je n'ai jamais rien vu. Pardonnez-moi.

Il afficha un sourire désolé. Il regretta soudain de façon insupportable ses divagations formidables qui le faisaient vivre depuis son enfance.

L'air était sec et doux, comme un temps d'automne. Les pins grinçaient à peine, leurs cimes dorées se balançaient.

— Il y a des fourmis, dit Natacha qui se leva et tapota sa jupe et ses bas. Nous étions assis sur des fourmis.

— Vous avez beaucoup de mépris pour moi ? demanda Wolf.

Elle éclata de rire.

— Ce sont des bêtises. Vous et moi, nous sommes quittes. Tout ce que je vous ai dit de l'extase, de la Mère de Dieu, de la clochette, tout ça vient aussi de mon imagination. Je l'ai inventé, comme ça, et puis, bien entendu, il m'a semblé que les choses étaient ainsi dans la réalité...

— C'est exactement cela, dit Wolf, radieux.

— Racontez-moi encore des épisodes de vos voyages, demanda Natacha sans malice.

De son geste coutumier, Wolf sortit son porte-cigarettes massif.

— À votre service. Un jour, alors que je naviguais sur une goélette entre Bornéo et Sumatra...

5

Une pente douce menait au lac. Les petits pilots en bois de l'appontement se reflétaient dans l'eau en spirales grises. Au-delà du lac s'étendaient les mêmes pinèdes, mais çà et là se détachaient un tronc blanc et une nuée jaune — un bouleau. Les reflets des nuages voguaient sur la surface de turquoise morte, et Natacha eut soudain l'impression qu'ils étaient en Russie, qu'il était impossible de se trouver ailleurs qu'en Russie, alors qu'un bonheur aussi brûlant lui serrait ainsi la gorge, et elle se sentait heureuse parce que Wolf disait des inepties vraiment merveilleuses, qu'il lançait des galets plats en poussant des « ouh ! », et les pierres, comme par magie, glissaient et ricochaient sur l'eau. En milieu de semaine, on ne voyait personne, et de temps à autre seulement leur parvenaient des bouffées d'exclamations et de rires, tandis qu'une aile blanche volait au-dessus du lac — la voile d'un bateau.

Ils marchèrent un certain temps le long de la berge, gravirent en courant des rochers glissants et trouvèrent un sentier où une humidité noire émanait des bouquets de noisetiers. Un peu plus loin, un café complètement désert se trouvait au bord de l'eau : il n'y avait même aucun serveur ni aucun client, comme si un incendie s'était déclaré quelque part et que tout le monde était parti précipitamment pour le voir, en emportant chopes et assiettes. Wolf et Natacha en firent le tour, puis ils s'assirent à une table vide et feignirent de boire et de manger tandis qu'un orchestre jouait. Et pendant qu'ils plaisantaient ainsi, Natacha entendit soudain distinctement les sons d'une véritable musique orangée pour vents ; elle tressaillit alors avec un sourire mystérieux, elle partit en courant le long du rivage, et le baron Wolf se précipita à sa suite d'un pas lourd et mou en criant :

— Attendez, Natacha, nous n'avons pas réglé la note !

Puis ils débouchèrent sur une clairière vert pomme, bordée de laîche, à travers laquelle l'eau brûlait au soleil comme de l'or liquide :

— Mon Dieu, comme on est bien..., répéta plusieurs fois Natacha, en fronçant les sourcils, les narines dilatées.

Wolf se fâcha contre l'écho qui ne lui répondait pas et se tut ; en cet instant aérien et ensoleillé, une certaine tristesse vola près du vaste lac, comme un scarabée qui bourdonne.

Natacha se rembrunit :

— Je ne sais pourquoi, il me semble que papa est de nouveau mal. J'ai peut-être eu tort de le laisser.

Wolf se souvint du vieillard, avec ses jambes maigres et luisantes recouvertes de poils gris, quand il regagnait précipitamment son lit. « Et si soudain, songea-t-il, il mourait aujourd'hui, justement ? »

— Voyons, Natacha, il va bien maintenant, fit-il remarquer d'une voix forte et sémillante.

— C'est aussi ce que je pense, répondit-elle, et elle retrouva sa gaieté.

Wolf ôta sa veste : son corps replet, enveloppé dans sa chemise rayée, dégageait une chaleur tendre quand il marchait tout à côté de Natacha ; elle regardait droit devant elle et aimait sentir cette chaleur qui avançait à ses côtés.

— Qu'est-ce que je peux rêver, ah ! qu'est-ce que je peux rêver, Natacha ! s'exclama-t-il en faisant siffler la petite branche qu'il agitait. Est-ce que je mens, d'ailleurs, quand je fais passer mes affabulations pour la vérité ? Un de mes amis a travaillé trois ans à Bombay. Bombay ? Mon Dieu ! La musique des noms de lieu. Rien que dans ce mot il y a quelque chose de gigantesque, il y a des bombes solaires, des tambours ! Mais, voyez-vous, Natacha, cet ami était incapable de me raconter quoi que ce soit, il ne se souvenait de rien en dehors des chamailleries à son travail, de la canicule, des fièvres, de l'épouse de je ne sais quel colonel britannique. Qui de nous deux est véritablement allé en Inde ?... Moi, bien sûr. Moi, ça va de soi. Bombay, Singapour... Moi, par exemple, je me souviens que...

Natacha cheminait si près de l'eau que les vagues enfantines du lac déferlaient jusqu'à ses pieds. Derrière la forêt un train passa comme sur une corde de violon et tous les deux tendirent l'oreille. Le jour devint à peine plus doré, à peine plus tendre, et les arbres de l'autre côté du lac bleuirent.

Près de la gare, Wolf acheta un sachet de prunes, mais elles s'avérèrent acides. Dans le train, assis dans un compartiment vide en bois, à chaque instant il les jetait par la fenêtre et ne cessait de regretter de ne pas avoir volé au café des sous-bocks sur lesquels on pose les chopes de bière.

— Ils volent si bien, Natacha. Comme des oiseaux. C'est tout simplement charmant.

Natacha était fatiguée ; elle clignait des yeux, et comme la nuit précédente, elle fut encore une fois envahie et soulevée par ce sentiment de légèreté vertigineuse.

— Quand je raconterai à papa notre promenade, ne m'interrompez pas et ne me corrigez pas. Je lui parlerai sans doute de choses que nous n'avons absolument pas vues, de toutes sortes de petites merveilles. Il comprendra.

De retour en ville, ils regagnèrent la maison à

pied. Le baron Wolf était assez détendu et grimaçait en entendant le vacarme prédateur des klaxons. Natacha, elle, avançait comme poussée par des voiles, comme si la fatigue la soulevait, lui donnait des ailes, la rendait impondérable, et Wolf, lui, paraissait tout bleu, comme le soir. À un pâté d'immeubles de leur maison, Wolf s'arrêta soudain. Natacha passa devant lui avec légèreté. Puis elle marqua une pause, elle aussi. Elle se retourna. Wolf, les épaules relevées, les mains enfoncées dans les poches de son ample pantalon, la tête inclinée comme celle d'un taureau, lui dit :

— Natacha...

Il la regarda de côté et lui dit qu'il l'aimait.

Il se retourna aussitôt, s'éloigna rapidement d'elle et, l'air affairé, entra dans un débit de tabac.

Natacha resta quelques instants immobile, comme suspendue en l'air, puis elle se dirigea paisiblement vers la maison. « Je vais le dire à père », songea-t-elle en avançant dans un brouillard bleu de bonheur, au milieu duquel les réverbères s'allumaient comme des pierres précieuses. Elle sentit qu'elle s'affaiblissait, que de douces vagues de chaleur glissaient le long de son dos. Quand elle se retrouva devant la maison, elle aperçut son père vêtu d'une veste noire qui cachait d'une main son absence de col et agitait de l'autre les clefs de la porte ; il sortit précipitamment et se dirigea, légèrement voûté dans le brouillard du soir, vers le kiosque de la marchande de journaux.

— Papa ! appela-t-elle avant de le suivre.

Il s'arrêta au bord du trottoir et la regarda avec

son sourire familier, teinté d'un brin de malice, la tête inclinée sur le côté.

— Mon petit coq tout gris ! Ah, tu ne devrais pas sortir, dit Natacha...

Son père inclina la tête de l'autre côté et prononça d'une voix très douce, très émue :

— Ma petite chérie, aujourd'hui dans le journal il y a une nouvelle très surprenante. Mais j'ai oublié mon argent. Va le chercher là-haut. Je t'attends.

Elle poussa la porte, fâchée contre son père, mais en même temps réjouie de le voir aussi alerte. Elle gravit l'escalier rapidement, d'un pas aérien, comme en rêve. Elle entra dans le couloir. Elle se pressait : « *Il va encore prendre froid là-bas en m'attendant.* »

Elle ne comprenait pas pourquoi le couloir était éclairé. Natacha s'approcha de sa porte et en même temps elle entendit derrière le chuintement de voix basses. Elle l'ouvrit rapidement. Il y avait sur la table une lampe à pétrole qui dégageait une épaisse fumée bistre. La logeuse, la femme de ménage, un inconnu dissimulaient le lit. Tous se retournèrent quand Natacha entra, et la logeuse, après s'être esclaffée, se précipita vers elle...

À cet instant seulement, Natacha remarqua que son père était couché sur le lit, ce n'était absolument pas celui qu'elle venait de voir mais un petit vieux au nez cireux.

Vl. Sirine

Le mot

Paru à Berlin le 7 janvier 1923 dans la revue *Rul'*, *The Word*, traduit en anglais par Dmitri Nabokov, a été publié dans *The New Yorker*, le 26 décembre 2005. Cette traduction du russe de Bernard Kreise est la première en français, à partir du texte russe originel.

Emporté depuis la nuit ici-bas par le souffle inspiré du rêve, je me tenais au bord d'une route, sous un ciel pur entièrement doré, dans un pays de montagnes extraordinaire. Je sentais, sans les regarder, le lustre, les aspérités et les arêtes d'immenses rochers mosaïqués, les gouffres aveuglants, le scintillement miroitant de nombreux lacs en contrebas, derrière moi. Mon âme était saisie d'une sensation de polychromie, de liberté et de sublimité divines : je savais que j'étais au paradis. Mais dans mon âme terrestre, il n'y avait qu'une seule et unique pensée terrestre, telle une flamme intense que je protégeais — avec quelle jalousie, avec quelle âpreté ! — du souffle de cette beauté grandiose qui m'entourait... Cette pensée, cette flamme nue de la souffrance, était une pensée sur ma patrie terrestre : pieds nus et misérable, au bord de cette route de montagne, j'attendais les habitants des cieux, charitables et radieux, et le vent, tel un pressentiment du miracle, jouait dans mes cheveux, emplissait les ravins d'une vibration cristalline, agitait les soies fabuleuses des arbres fleurissant entre les rochers le long de la route ; de longues herbes s'entortillaient autour de leurs troncs, telles des langues de feu ; de grosses fleurs se détachaient gracieusement des rameaux étincelants et, comme des calices volants, gorgées de soleil à ras bord, elles glissaient dans l'air en gonflant leurs pétales transparents et bombés ; leur parfum, humide et sucré, me rappelait tout ce que j'avais connu de plus beau dans ma vie.

Soudain, alors que je suffoquais de la splendeur de ces lieux, la route sur laquelle je me tenais s'emplit d'une bourrasque d'ailes... Les anges que j'attendais affluèrent, attroupés en une foule venue de précipices aveuglants. Leur démarche paraissait éthérée, tels des remous de nuages colorés, leurs visages diaphanes restaient impassibles, et seuls leurs cils nitescents frémissaient d'exaltation. Parmi eux, planaient des oiseaux turquoise secoués d'un rire de jeune fille pleine de bonheur et d'agiles animaux orange prodigieusement mouchetés de noir cabriolaient : ils ondulaient dans les airs, projetaient silencieusement leurs pattes satinées et attrapaient les fleurs qui volaient ; ils me frôlaient, tournoyant et gambadant, les yeux radieux...

Des ailes, des ailes, des ailes ! Comment transmettrai-je leurs galbes et leurs nuances ? Toutes étaient puissantes et délicates — rousses, purpurines, d'un bleu profond, d'un noir velouté, une poussière ardente poudrait les extrémités arrondies de leurs plumes recourbées. Ces nuages érigés se dressaient juste au-dessus des épaules lumineuses des anges et l'un d'entre eux, en un ravissement merveilleux, comme s'il n'avait pas la force de refréner sa béatitude, soudain, l'espace d'un instant, ouvrait sa beauté ailée, et c'était comme un jaillissement de soleil, comme le brasillement de millions d'yeux.

Ils étaient des kyrielles à passer ainsi, le regard tourné vers les hauteurs célestes. Je voyais leurs yeux, tels des abîmes de jubilation, et dans leurs yeux, l'impassibilité de leur ascension. Couverts de fleurs, ils avançaient d'une allure gracieuse. Les fleurs exhalaient au passage leur splendeur moite ; des animaux soyeux et lumineux folâtraient en tournoyant et en se contorsionnant ; des oiseaux tintinnabulaient de félicité, prenant leur envol puis se précipitant, tandis que moi, misérable, aveuglé et pantelant, je me tenais au bord de la route ; une seule et même pensée balbutiait dans mon âme misérable : faut-il dire des prières, des prières que je leur adresserais, raconter, oui, raconter que sur la plus belle des étoiles de Dieu il existe un pays — mon pays — qui se meurt dans d'affreuses ténèbres ? Je sentais qu'il me suffisait de saisir dans la main ne serait-ce qu'un seul de ces scintillements frémissants pour que j'apporte dans mon pays une joie telle qu'aussitôt l'âme des hommes s'illuminerait, se mettrait à tournoyer sous le déferlement et le crépitement du printemps renaissant, du tonnerre doré des églises réveillées...

Et, après avoir étendu mes mains tremblantes pour tenter de barrer le chemin aux anges, je voulus agripper le rebord de leurs aubes resplendissantes, la frange chaude et ondoyante de leurs plumes recourbées qui me glissaient entre les doigts comme des fleurs duveteuses ; je gémissais, je me démenais, j'implorais frénétiquement une aumône, mais les anges continuaient d'avancer, d'avancer sans cesse, ils ne me remarquaient pas, leurs visages ciselés tournés vers l'éther. Ils étaient une multitude à s'élancer vers une fête céleste, vers une échappée de lumière qui resplendissait de façon insupportable et où la Divinité virevoltait et respirait : je n'osais me la représenter. Je voyais des arantèles de feu, des éclaboussures et des arabesques sur leurs gigantesques ailes écarlates, rousses et violettes, et au-dessus de moi avançaient par vagues des bruissements duveteux, des oiseaux turquoise tournoyaient dans des halos irisés, les fleurs se détachaient des rameaux brillants et voguaient dans l'espace... « Arrête ! écoute-moi ! » criai-je en essayant d'enlacer les pieds impondérables d'un ange, mais, intangibles et insaisissables, ils glissaient à travers mes mains tendues, et les extrémités des vastes ailes flottant à côté de moi ne faisaient qu'enflammer mes lèvres. Au loin, l'échappée de lumière dorée entre les rochers suavement et crûment enluminés s'emplissait de la tempête qui déferlait sur eux ; les anges s'éloignaient, s'éloignaient toujours plus, le rire effervescent et aigu des oiseaux du paradis s'évanouissait, les fleurs cessèrent de s'envoler des arbres : je faiblis, je me calmai...

Un miracle alors s'accomplit : l'un des derniers anges demeura en arrière, il se retourna et s'approcha doucement de moi. Je vis ses yeux profonds, fixes et adamantins sous les arcades impétueuses de ses sourcils. Sur les nervures de ses ailes déployées étincelait une sorte de givre ; les ailes étaient grises, d'un gris d'une nuance indescriptible, et chaque plume se terminait par un croissant argenté. Son visage, l'ébauche de ses lèvres qui esquissaient un sourire, de son front droit et pur, me rappelaient des traits que j'avais vus sur la terre. J'avais l'impression que les contours, le rayonnement et le charme de tous les visages que j'avais aimés se fondaient en une seule face merveilleuse, que tous les sons qui avaient successivement touché mon oreille étaient maintenant contenus en une seule mélodie parfaite. Il s'approcha de moi, il souriait ; je ne pouvais le regarder. Mais, ayant aperçu ses pieds, je remarquai un réseau de veinules bleues et un grain de beauté pâle, et, d'après ces veinules, d'après cette petite tache, je compris qu'il ne s'était pas encore tout à fait détaché de la terre, qu'il pouvait entendre ma prière.

Alors, la tête penchée, j'appliquai contre mes yeux aveuglés mes mains brûlées, tachées d'une argile coruscante, et je me mis à lui narrer mon affliction. Je voulais lui expliquer la beauté de mon pays et l'effroi de ses noires torpeurs, mais je ne trouvais pas les mots nécessaires. Me dépêchant et me répétant, je ne cessais de balbutier des mots sur des détails, sur une maison qui avait brûlé, où jadis le lustre du soleil sur les lames du parquet se reflétait dans un miroir incliné, je balbutiais des mots à propos de vieux livres et de vieux tilleuls, de bibelots, de mes premiers poèmes dans un cahier d'écolier bleu cobalt, d'un rocher gris recouvert de framboisiers sauvages au milieu d' champ parsemé de scabieuses et de marguerites, mais je ne pouvais absolument pas dire l'essentiel, je m'embrouillais, je restais sans voix, et je reprenais au début, et dans un bafouillage impuissant je recommençais à parler des pièces de la gentilhommière fraîche et sonore, des tilleuls, de mon premier amour, des bourdons qui dorment sur les scabieuses... Je croyais pouvoir parvenir d'un instant à l'autre à l'essentiel, lui révéler tout le chagrin de ma patrie, mais, pour je ne sais quelle raison, je n'étais capable que de me souvenir des petites choses, tout à fait terrestres, qui ne savent ni parler ni verser ces grosses larmes brûlantes et effroyables que je voulais mais ne pouvais raconter...

Je me tus, je relevai la tête. L'ange, immobile, me regardait de ses yeux allongés et adamantins, avec un sourire doux et attentif, et je sentis qu'il comprenait tout... « Pardonne-moi, m'écriai-je en baisant timidement la tache sur son pied lumineux, pardonne-moi de ne savoir parler que de ce qui est fugace et négligeable. Mais tu comprends, tout de même... Ange gris et miséricordieux, réponds-moi, aide-moi, dis-moi ce qui sauvera mon pays ! »

Après avoir enlacé un instant mes épaules de ses ailes gorge-de-pigeon, l'ange proféra un seul mot, et dans sa voix je reconnus toutes les voix que j'avais aimées et qui s'étaient tues. Le mot qu'il prononça était si beau que dans un soupir je fermai les yeux et baissai plus encore la tête. Ce fut comme un parfum et un tintement qui s'écoulèrent dans mes veines, ce fut comme le soleil qui se levait dans mon cerveau, et les vallées innombrables de ma conscience reprirent, répétèrent cette sonorité lumineuse et paradisiaque. Je m'en emplis ; elle battait dans mes tempes en un réseau subtil, elle tremblait comme l'humidité sur mes cils, elle soufflait en un froid délicieux à travers mes cheveux, elle baignait mon cœur d'une chaleur divine.

Je le criai en jouissant de chaque syllabe, je levai brusquement mes yeux dans les arcs-en-ciel radieux de mes larmes de bonheur.

Mon Dieu ! L'aube hivernale verdit à la fenêtre, et je ne me souviens pas de ce que j'ai crié...

Bruits

Bruits (Zvuki), nouvelle écrite en russe en septembre 1923, a été publiée dans la traduction anglaise de Dmitri Nabokov dans *The New Yorker*, le 14 août 1995.

La nouvelle est, entre autres choses, une version transposée d'un amour de jeunesse, très certainement pour sa cousine Tatiana Evguénievna Segelkranz, sœur de Iouri Rausch, qui fait aussi une apparition dans *Le Don*.

Il fallut claquer la fenêtre : la pluie, en tombant sur le rebord, éclaboussait le parquet, les fauteuils. D'immenses spectres d'argent surgissaient en glissant dans un bruissement frais, à travers le jardin et les feuillages, sur le sable orangé. La gouttière grondait et gargouillait. Tu jouais du Bach. Le piano avait soulevé son couvercle laqué, sous le couvercle il y avait une lyre posée à plat, les marteaux frappaient les cordes. Un tapis de brocart glissa du piano, en plis grossiers, entraînant par terre une partition ouverte. À travers l'effervescence d'une fugue de Bach, parfois, une bague cliquetait sur les touches et une averse de juin battait continûment, magnifiquement contre les vitres. Sans cesser de jouer, la tête légèrement penchée, tu t'écrias en mesure, d'une voix naturellement chantante : « La pluie, la pluie... Je-joue-plus-fort-qu'elle... »

Mais tu ne jouais pas plus fort.

Après avoir délaissé les albums qui étaient sur la table telles des tombes de velours, je te regardai, j'écoutai la fugue, la pluie, et un sentiment de fraîcheur monta en moi, comme la senteur des œillets mouillés émanant de toutes parts, des étagères, du couvercle du piano, des pendeloques oblongues du lustre.

C'était une sensation d'un équilibre exaltant : je percevais le lien musical entre les spectres d'argent de la pluie et tes épaules baissées qui tressaillaient lorsque tu enfonçais tes doigts dans le miroitement mouvant. Et, quand je plongeai en moi-même, le monde entier me sembla achevé, cohérent, relié par les lois de l'harmonie. Moi, toi, les œillets étaient à cet instant des accords sur les portées. Je compris que tout dans le monde est un jeu de particules semblables constituant de multiples consonances : les arbres, l'eau, toi... De façon unique, égale, divine. Tu te levas. La pluie fauchait encore le soleil. Les mares semblaient des fondrières sur le sable sombre, ouvertures vers d'autres cieux qui glissaient sous la terre. Sur un banc, luisant comme une porcelaine danoise, une raquette avait été oubliée ; la pluie avait bruni les cordes, le cadre s'était tordu en un huit.

Quand nous avons pénétré dans l'allée, le chatoiement des ombres et la moisissure nous firent tourner la tête.

Je me souviens de toi dans une éclaircie. Tu avais des coudes pointus et des yeux pâles, comme recouverts de poussière. Quand tu parlais, tu fendais l'air avec le tranchant de la main, avec l'éclat du bracelet autour de ton poignet fin. Tes cheveux devenaient, en s'estompant, l'air ensoleillé qui tremblait autour d'eux. Tu fumais beaucoup et nerveusement. Tu expirais la fumée par les deux narines en secouant brusquement la cendre. Ta maison bleue se trouvait à cinq verstes de la nôtre. Ta maison était sonore, opulente et fraîche. Une photo en avait paru dans une revue de la capitale sur papier glacé. Presque chaque matin je me démenais sur le triangle de cuir de ma bicyclette que je faisais crisser sur le sentier, à travers la forêt, puis sur la route dans le village et de nouveau sur le sentier jusque chez toi. Tu espérais que ton mari ne viendrait pas en septembre. Et nous n'avions peur de rien, toi et moi, ni des ragots de tes serviteurs ni des soupçons de ma famille. L'un et l'autre, à notre façon, nous croyions au destin.

Ton amour était assourdi, comme ta voix. Tu aimais à la dérobée en quelque sorte, et jamais tu ne parlais d'amour. Tu étais une de ces femmes qui sont habituellement silencieuses et au silence desquelles on s'habitue aussitôt. Mais parfois quelque chose s'échappait de toi. Alors, ton énorme Bechstein grondait ; sinon, regardant vaguement devant toi, tu me racontais de petites histoires très drôles que tu tenais de ton mari ou de ses camarades de régiment. Je me souviens de tes mains, longues, blanches, aux veines bleuâtres.

Ce jour heureux où l'averse s'abattit et où tu jouas si étonnamment, cette chose trouble qui s'était imperceptiblement révélée entre nous après les premières semaines d'amour trouva une explication. Je compris que tu n'avais pas de pouvoir sur moi, que ce n'était pas toi seule, mais la terre entière qui était ma maîtresse. Mon âme semblait avoir émis d'innombrables antennes sensibles, et je vivais en toutes choses, percevant en même temps le grondement du Niagara quelque part au-delà de l'océan et le chuintement, le crépitement des longues gouttes dorées, là, dans l'allée. Je regardai l'écorce brillante d'un bouleau et sentis soudain que j'avais non des bras, mais des branches ramifiées en petites feuilles mouillées, non des jambes, mais un millier de fines radicelles entremêlées, buvant la terre. J'eus envie de me répandre ainsi dans toute la nature, d'éprouver ce que signifiait être un vieux cèpe aux spores jaunes et spongieuses, une libellule, le globe du soleil. J'étais si heureux que j'éclatai soudain de rire, déposai un baiser sur ta clavicule, ta nuque. Je t'aurais même récité des poèmes, mais tu détestais la poésie.

Tu souris d'un sourire ténu et dis : « Comme on est bien après la pluie. » Puis tu réfléchis avant d'ajouter : « Tu sais, je viens de me le rappeler : il m'a invitée pour le thé — comment s'appelle-t-il déjà ? — Pal Palytch[1]. Il est terriblement ennuyeux. Mais il le faut, tu comprends. »

Je connaissais Pal Palytch depuis longtemps : il nous arrivait d'aller ensemble à la pêche, et il se mettait soudain à chanter *Cloches du soir* de sa voix de ténor geignarde. Je l'aimais beaucoup. Une goutte brûlante tomba d'une feuille juste sur mes lèvres. Je proposai de t'accompagner.

Tu haussas frileusement les épaules :

---

1. Diminutif de Pavel Pavlovitch.

« Nous allons y mourir d'ennui. C'est terrible. » Tu regardas ton poignet, tu soupiras.

« Il est temps. Je vais changer de chaussures. »

Dans ta chambre brumeuse, transperçant les stores baissés, le soleil s'étirait en deux échelles d'or. Tu me dis quelque chose d'une voix sourde. Derrière la fenêtre les arbres respiraient, dégouttaient en un bruissement de bonheur. Et, souriant à ce bruissement, je t'embrassai avec légèreté et sans avidité.

C'était ainsi : sur une des berges de la rivière, ton parc, tes prés ; sur l'autre, le village. Par endroits, sur la route, il y avait de profondes ornières ; la boue était grassement mauve, une eau pleine de bulles, couleur café au lait, stagnait dans les fondrières. Les ombres obliques des isbas en rondins s'allongeaient avec une particulière netteté.

Nous marchions à l'ombre, sur un chemin fréquenté longeant une boutique, une auberge à l'enseigne turquoise, des maisons noyées de soleil, qui sentaient le fumier et la paille fraîche.

L'école était neuve, en pierre, entourée d'érables. Sur le seuil, devant une porte béante, une bonne femme, scintillante d'étincelles blanches, essorait une serpillière dans un seau. Tu demandas : « Pal Palytch est-il là ? » La femme — des taches de rousseur, des petites nattes — plissa les yeux à cause du soleil. « Mais bien sûr, il est là. » Elle repoussa du pied le seau qui cliqueta. « Entrez, madame. Monsieur est dans l'atelier. »

Le couloir sombre grinça, puis on traversa une vaste salle de classe.

En passant je jetai un coup d'œil sur une carte bleuâtre ; je songeai que toute la Russie était ainsi : le soleil, les fondrières... Il y avait une craie blanche écrasée dans un coin.

Plus loin, dans le petit atelier, ça sentait bon la colle à bois, les copeaux de pin. Pal Palytch, en bras de chemise, grassouillet, en sueur, la jambe gauche en avant, rabotait avec gourmandise le bois blanc qui gémissait. Dans un rai de poussière, sa calvitie moite oscillait d'avant en arrière. Par terre, sous l'établi, telles des boucles légères, des copeaux se tortillaient.

— Pal Palytch, vous avez de la visite ! dis-je d'une voix forte.

Il tressaillit, parut aussitôt embarrassé, il te baisa poliment la main que tu levas de ce mouvement nonchalant que je connais si bien, fourra un instant ses doigts calleux dans ma main et la secoua. Il avait un visage comme sculpté dans de la pâte à modeler, la moustache molle, des rides surprenantes.

« Excusez-moi, vous voyez, je ne suis pas habillé », dit-il confus, avec un sourire malicieux. Il attrapa sur le rebord de la fenêtre deux hauts-de-forme qui se trouvaient côte à côte : ses manchettes. Il s'habilla à la hâte.

« Sur quoi travaillez-vous ? » demandas-tu en faisant scintiller ton bracelet. À grands gestes Pal Palytch s'affubla de sa veste. « Ce n'est rien, des broutilles, grommela-t-il en trébuchant légèrement sur les consonnes, une petite planche de rien du tout. Ce n'est pas encore terminé. Ensuite je la polirai, je la vernirai. Mais regardez plutôt : je l'appelle la Mouche... » En lui donnant un élan de ses mains croisées, il fit tourner un petit hélicoptère en bois qui s'envola en vrombissant, heurta le plafond, retomba.

L'ombre d'un sourire poli glissa sur ton visage. « Où en étais-je ? » Pal Palytch reprit : « Allons donc en haut, chers amis. » Alors la porte gémit. « Excusez-moi. Permettez-moi de passer devant. J'ai peur que ce ne soit pas rangé chez moi... »

— Il a dû oublier qu'il m'avait invitée, me dis-tu en anglais alors que nous montions l'escalier grinçant...

Je regardai ton dos, les carreaux de soie de ton corsage. Quelque part en bas, probablement dans la cour, retentit une voix de femme : « Guérassime ! Hé ! Guérassime ! » Et soudain il devint si clair pour moi que le monde avait durant des siècles fleuri, fané, tourné, changé, à seule fin maintenant, à cet instant, de lier et fondre en un accord la voix qui avait retenti en bas, le mouvement de tes omoplates soyeuses, l'odeur des planches de pin.

La chambre de Pal Palytch était ensoleillée et exiguë. Au-dessus du lit était cloué un petit tapis rouge ponceau avec un lion jaune brodé en son milieu. Sur un autre mur était encadré un chapitre d'*Anna Karénine*, composé de telle sorte que le jeu d'ombres des différents caractères et la disposition subtile des lignes formaient le visage de Tolstoï...

Le maître des lieux te fit asseoir en se frottant les mains et remit à sa place un cahier qu'il avait fait tomber de la table avec un pan de sa veste. On en arriva au thé, au yaourt, aux biscuits. Pal Palytch prit dans le tiroir de la commode un flacon bariolé de bonbons Landrine. Quand il se penchait, le pli de sa nuque boutonneuse se gonflait au-dessus du col. Sur le rebord de la fenêtre jaunissait un bourdon mort dans un duvet d'araignée.

« Où est donc Sarajevo ? » demandas-tu soudain, en froissant une page de journal que tu avais pris nonchalamment sur la table. Pal Palytch, occupé à verser le thé, répondit : « En Serbie. »

Puis de sa main tremblante il te passa prudemment un verre de thé fumant dans un support en argent.

« Je vous en prie. Puis-je vous proposer des biscuits... Qu'ont-ils à lancer des bombes ? » s'adressa-t-il à moi en haussant les épaules.

J'examinais, pour la énième fois, le gros presse-papiers de verre : à l'intérieur, il y avait un fond rose et la cathédrale Saint-Isaac dans des paillettes d'or. Tu éclatas de rire et lus à haute voix : « Hier, au restaurant Kississana[1], a été arrêté le marchand de deuxième guilde Yérochine. Le fait est que Yérochine, sous prétexte de... » À nouveau tu éclatas. « Non, après, cela devient incorrect. »

Gêné, du rouge teinté de brun lui monta au visage, Pal Palytch laissa tomber sa cuiller. Les feuilles des érables luisaient juste sous les fenêtres.

---

1. Célèbre restaurant fréquenté par des intellectuels.

Une charrette gronda au loin. Un geignard et tendre « Crèmes gla-cées ! » nous parvint d'on ne sait où.

Il parla de l'école, de l'alcoolisme, de la venue des truites dans la rivière. Je me mis à l'examiner et eus l'impression de le voir véritablement pour la première fois alors qu'on se connaissait depuis longtemps. Lors de notre première rencontre, je l'avais sans doute entr'aperçu et cette première silhouette m'était restée sans se modifier, comme une chose admise, familière. Quand il m'arrivait de songer à Pal Palytch, il me semblait, je ne sais pourquoi, qu'il avait non seulement une moustache, mais également une barbe rousses. Une barbe imaginaire est une caractéristique de nombreux Russes. Maintenant, après l'avoir regardé d'une façon assez particulière — avec un regard intérieur —, je voyais qu'en réalité son menton était rond, fuyant, légèrement creusé d'un sillon. Le nez était charnu, et je notai sur la paupière gauche un bouton que je connaissais déjà, que l'on avait tellement envie de couper, mais le couper aurait signifié le tuer. Il était, lui, totalement, dans cette petite graine. Et quand je compris tout cela, quand je l'eus entièrement examiné, je fis un mouvement léger, très léger, comme si j'avais laissé mon âme glisser sur une pente, je me coulai en Pal Palytch, j'y pris place, je sentis les choses de l'intérieur de lui-même : le bouton sur la paupière ridée, comme les pointes amidonnées de son col, et la mouche qui trottinait sur sa calvitie. Je regardais tout de lui avec des yeux clairs, furtifs. Le lion jaune au-dessus du lit me sembla de longtemps familier, comme s'il était accroché chez moi depuis l'enfance. La carte postale coloriée, recouverte d'un verre bombé, devint extraordinaire, élégante, enjouée. Devant moi, ce n'était pas toi qui étais assise, mais l'inspectrice de l'école, une dame silencieuse que je ne connaissais guère, dans un petit fauteuil d'osier auquel mon dos s'était habitué. Et aussitôt, par le même mouvement léger, je me coulai en toi, je sentis au-dessus du genou le ruban de la jarretière, et plus haut encore le chatouillement de la batiste, je pensai à ta place que tu t'ennuyais, que tu avais chaud, que tu avais envie de fumer. Et au même instant tu sortis de ton sac un étui d'or, tu enfonças une cigarette dans le fume-cigarette. Et c'est moi seul qui étais dans tout : en toi, dans la cigarette, dans le fume-cigarette, dans Pal Palytch qui frottait maladroitement une allumette, dans le presse-papiers de verre, dans le bourdon mort sur le rebord de la fenêtre.

Bien des années se sont écoulées depuis, et je ne sais pas où il se trouve maintenant, ce timide, cet empâté de Pal Palytch. Parfois peut-être, quand je pense le moins à lui, je le vois en rêve, dans les circonstances de ma vie actuelle. Il entre dans la pièce de sa démarche affairée et souriante, son panama terni dans la main, il salue en passant, essuie son crâne et son cou rouge avec un énorme mouchoir. Et quand je le vois en rêve, inéluctablement tu traverses mon rêve, toi aussi, nonchalante, avec ton corsage de soie et ta ceinture basse.

Je ne fus pas très loquace durant cette journée

d'extase : j'avalais des flocons de yaourt visqueux, je prêtais attention à tous les sons. Quand Pal Palytch se tut, j'entendis des gargouillements dans son ventre : il piaula tendrement, glouglouta presque. Alors, il toussa d'un air affairé et se hâta de commencer à raconter quelque chose ; il balbutiait et, ne trouvant pas le mot juste, il se renfrognait, tambourinait sur la table avec ses doigts. Tu te renversas dans le petit fauteuil, tranquille, silencieuse, et, ayant tourné la tête et soulevé ton coude pointu, tu arrangeas tes épingles sur ta nuque et me regardas derrière tes cils. Tu pensais que j'étais gêné devant Pal Palytch, car nous étions venus ensemble et il pouvait deviner nos relations. Et cela me faisait rire que tu penses ainsi, et je riais de voir Pal Palytch rougir, angoissé et blafard, quand tu parlais exprès de ton mari, de son travail.

Devant l'école, le soleil éparpillait sous les érables une lumière ocre brûlante. Depuis le seuil, Pal Palytch, qui nous accompagnait, nous salua, nous remercia d'être passés, salua de nouveau près de la porte ; sur le mur extérieur brillait un thermomètre dans sa blancheur de verre. Après avoir quitté le village et franchi le pont, nous avons monté un sentier en direction de ta maison, je t'ai prise par le bras et tu m'as regardé de côté avec ce singulier sourire ténu grâce auquel je savais que tu étais heureuse. J'eus soudain envie de te parler des rides de Pal Palytch, de la cathédrale Saint-Isaac dans les paillettes d'or, mais, à peine avais-je commencé, je sentis que les mots ne me venaient pas comme il fallait, qu'ils étaient indigents, et quand tu me dis affectueusement : « Décadent ! » je me mis à parler d'autre chose. Je le savais : tu avais besoin de sentiments simples, de paroles simples. Tu te taisais avec légèreté et insouciance, comme se taisent les nuages, les plantes. Tout silence contient l'hypothèse d'un secret. À beaucoup tu semblais secrète.

Un ouvrier vêtu d'une chemise bouffante aiguisait bruyamment et vigoureusement une faux. Des papillons flottaient au-dessus des scabieuses encore intactes. Sur le sentier une jeune femme se dirigeait vers nous, un fichu vert pâle sur les épaules, des marguerites dans sa coiffure sombre. Je l'avais déjà vue deux ou trois fois, je me souvins de son cou fin et hâlé. En passant à côté de nous elle t'effleura attentivement de ses yeux à peine bridés, puis, après avoir prudemment sauté par-dessus un ruisseau, elle disparut derrière les aulnes. Un frisson argenté glissa sur les buissons mats. Tu dis : « Elle a certainement flâné dans mon parc. Je ne supporte pas ces estivantes… » Le fox, une grosse et vieille chienne, courait sur le sentier à la rencontre de sa maîtresse. Tu adorais les chiens. La chienne s'approcha en rampant, en se démenant et en dressant les oreilles. Sous ta main tendue, elle se mit sur le dos et exhiba son ventre rose couvert de taches grises telle une carte de géographie. « Ah toi, ma belle ! » dis-tu d'une voix particulière, caressante.

Le fox se vautra, glapit en minaudant, et courut plus loin ; il galopa à travers le ruisseau.

Comme nous approchions déjà du portail du parc, tu eus envie de fumer ; mais, après avoir fouillé dans ton sac, tu dis dans un claquement de langue : « C'est idiot ! J'ai oublié mon fume-cigarette chez lui. » Tu me touchas l'épaule : « Mon chéri, file ! Sinon je ne peux pas fumer. » En riant, j'embrassai tes cils frémissants, ton sourire ténu.

Tu crias derrière moi : « Vite ! » Et alors je me mis à courir, non parce qu'il fallait se hâter, mais parce que tout semblait courir alentour : le chatoiement des buissons, comme les ombres des nuages sur l'herbe humide, et les fleurs mauves qui avaient été épargnées par l'éclair du faucheur dans le ravin.

Une dizaine de minutes plus tard, la respiration brûlante, je montais l'escalier de l'école. Je frappai du poing sur la porte marron. Dans la chambre les ressorts d'un matelas grincèrent. Je tournai la poignée de la porte : fermée. « Qui est-ce ? » répondit, embarrassé, Pal Palytch. Je criai : « Mais laissez-moi entrer ! » De nouveau le matelas crissa ; des pieds nus traînèrent. « Pourquoi vous enfermez-vous, Pal Palytch ? » Et je remarquai aussitôt que ses yeux étaient rouges. « Entrez, entrez... Enchanté. Voyez-vous, je dormais. Je vous en prie. »

— On a oublié un fume-cigarette ici, dis-je en m'efforçant de ne pas le regarder.

On trouva sous le fauteuil un petit tube d'émail vert. Je le fourrai dans ma poche. Pal Palytch trompeta dans son mouchoir.

— C'est un être merveilleux, remarqua-t-il de

façon inopinée en s'asseyant lourdement sur le lit. Il soupira. Il regarda de côté : Il y a chez la femme russe, vous savez, ce... — il se rida complètement, s'essuya le front avec sa main — ce... (il gloussa doucement)... ce sens du sacrifice. Il n'y a rien de plus beau au monde. Un sens du sacrifice extraordinairement subtil, extraordinairement beau — il se tordit les mains, resplendit d'un sourire lyrique — extraordinairement... Il se tut et demanda sur un autre ton cette fois, qui me faisait souvent rire : Et que me raconterez-vous d'autre, mon cher ? J'eus envie de l'embrasser, de lui dire quelque chose de très affectueux, d'essentiel. « Vous devriez vous promener, Pal Palytch. Quelle idée de rester avec son cafard dans une pièce où l'on étouffe. Il fit un geste de la main. — Peu m'importe ! On étouffe, c'est tout... » De la main, de haut en bas, il frotta ses yeux gonflés et sa moustache. « Ce soir, peut-être, j'irai pêcher... » Le bouton familier sur sa paupière ridée tressauta. Il fallait lui demander : « Pal Palytch, mon ami, pourquoi étiez-vous couché, blotti contre l'oreiller ? De quoi s'agit-il ? D'un rhume des foins ou d'une grande tristesse ? Avez-vous déjà aimé une femme ? Et pourquoi devriez-vous pleurer aujourd'hui, alors qu'il y a du soleil dehors, des flaques... »

— Bon, il est temps que je file, Pal Palytch, dis-je après avoir jeté un œil sur les verres en désordre, le Tolstoï typographique et les bottes à tirants sous la table.

Deux mouches se posèrent sur le sol rouge. L'une grimpa sur l'autre. Elles bourdonnèrent. Elles s'envolèrent. « Ah là là !... soupira lentement Pal Palytch. Il hocha la tête : C'est ainsi, filez ! »

Je courus de nouveau sur le sentier en longeant les aulnes. Je sentais que je m'étais purifié dans la tristesse de quelqu'un d'autre, que je luisais des larmes de quelqu'un d'autre. C'était une sensation de bonheur, et depuis je ne l'ai que rarement connue, en voyant un arbre penché, un gant déchiré, les yeux d'un cheval. De bonheur, car elle s'écoulait harmonieusement. De bonheur, comme tout mouvement, tout rayonnement. J'ai été autrefois disloqué en milliers d'êtres et d'objets, maintenant je suis rassemblé, un, demain je me disloquerai de nouveau. Et tout dans le monde s'écoule ainsi. Et ce jour-là j'étais sur la crête d'une vague, je savais que tout autour de moi était constitué de notes d'une même harmonie, je savais — secrètement — comment étaient apparus, comment devaient se résoudre des bruits réunis l'espace d'un instant, quel nouvel accord serait suscité par chacune des notes dispersées. L'oreille musicale de mon âme savait tout, comprenait tout.

Tu m'accueillis dans le jardin, près des marches de la véranda, et tes premiers mots furent : « Mon mari a téléphoné de la ville pendant que je n'étais pas là. Il arrive par le train de dix heures. Il s'est passé quelque chose. On le mute, peut-être ? »

Une bergeronnette — un souffle d'air gris bleuté — sautilla sur le sable : un temps, deux ou trois petits pas, de nouveau un temps, d'autres petits pas. La bergeronnette, le fume-cigarette, tes paroles, les taches de soleil sur ta robe. Les choses ne pouvaient être qu'ainsi.

« Je sais à quoi tu penses, dis-tu en relevant les sourcils ; qu'on va nous dénoncer à lui et ainsi de suite. Mais peu importe... Tu sais que je... » Je te regardai droit dans les yeux. De toute mon âme, étendue, je te regardais. Je me cognai à toi. Tes yeux étaient clairs, comme si une feuille de papier de soie, celles qui recouvrent les illustrations des livres précieux, en était partie. Et ta voix était claire, pour la première fois. « Sais-tu ce que j'ai décidé ? Voilà. Je ne peux vivre sans toi. Je lui dirai donc. Il m'accordera le divorce tout de suite. Et alors nous pouvons, disons à l'automne... »

Je t'interrompis par mon silence. Une tache de soleil glissa de ta jupe sur le sable : tu t'écartas légèrement.

Que puis-je te dire ? La liberté ? La prison ? Je ne t'aime pas suffisamment ? Ce n'est pas cela.

Un moment s'écoula : durant cet instant beaucoup de choses s'étaient passées dans le monde : quelque part un gigantesque bateau était allé par le fond, on avait déclaré la guerre, un génie était né. Ce moment s'était écoulé.

« Voici ton fume-cigarette, dis-je après m'être raclé la gorge. Il était sous le fauteuil. Et tu sais, quand je suis entré, Pal Palytch, apparemment... »

Tu dis : « D'accord. Maintenant tu peux partir. » Tu te retournas et gravis en courant les marches. Tu saisis la poignée de la porte vitrée, tu la tiras, tu ne pus l'ouvrir tout de suite. C'était probablement douloureux.

Je restai un moment dans le jardin, dans l'humidité suave, puis, après avoir fourré les mains au fond de mes poches, je fis le tour de la maison sur le sable mouchcté. Je trouvai ma bicyclette près de l'entrée principale. Je m'appuyai sur les cornes basses du guidon et démarrai dans l'allée du parc. Il y avait çà et là des crapauds. Par mégarde je roulai sur l'un d'eux. Il craqua sous le pneu. Il y avait un banc au bout de l'allée. J'appuyai la bicyclette contre un tronc. Je m'assis sur une planche toute blanche. Je pensais que dans quelques jours j'allais probablement recevoir une lettre de toi, tu m'appellerais, mais je ne reviendrais pas. Avec son piano à queue, les volumes empoussiérés de la *Revue pittoresque*, les silhouettes dans les cadres ronds, ta maison s'estompa dans un lointain merveilleux et mélancolique. Il m'était doux de te perdre. Tu partis, après avoir brusquement tiré la porte vitrée. Mais c'est une autre qui partit différemment, en ouvrant des yeux pâles sous mes baisers de bonheur.

Je restai assis jusqu'au soir. Comme sur des fils invisibles s'agitaient des moucherons de bas en haut. Soudain, je sentis près de moi une tache claire : ta robe... toi...

Tout avait fini de bruire en effet : c'est pour cela que je fus mal à l'aise que tu sois de nouveau là, non loin de moi, hors de mon champ de vision, que tu t'avances, que tu t'approches. Dans un effort je tournai mon visage. Ce n'était pas toi, mais la demoiselle au fichu verdâtre : tu t'en souviens ?

Nous l'avions croisée... Et le fox avait un ventre si drôle...

Elle passa dans les trouées du feuillage, sur la passerelle qui menait à la petite tonnelle aux vitres teintées. Cette demoiselle s'ennuie, elle se promène dans ton parc, je ferai sans doute sa connaissance un jour ou l'autre.

Je me levai lentement, lentement je sortis du parc immobile vers la grand-route, face à l'immense soleil couchant, je dépassai une calèche après le tournant : c'était ton cocher Sémione qui allait au pas vers la gare. En me voyant il ôta lentement sa casquette et, après avoir lissé les mèches luisantes de son crâne, il la remit. Une couverture à carreaux était pliée sur le siège. Un éclat de soleil glissa dans l'œil du hongre moreau. Et quand, ayant cessé de pédaler, je filai au pied de la colline vers la rivière, je vis depuis le pont le panama et les épaules rondes de Pal Palytch qui était assis en bas, sur un ressaut de la berge, une ligne dans la main.

Je freinai et m'arrêtai après avoir posé une main sur la rambarde.

« Hep ! Pal Palytch, ça mord ? » Il regarda en haut, fit un geste gentil de la main. Au-dessus du miroitement rose passa une chauve-souris. Le feuillage s'y reflétait, telle une dentelle noire. De loin Pal Palytch cria quelque chose, fit un geste pour m'appeler. Un autre Pal Palytch tremblait dans l'eau comme un frémissement noir. J'éclatai de rire et m'écartai de la rambarde. Je filai sans bruit sur le chemin piétiné le long des isbas. L'air mat fut traversé par un beuglement ; des quilles furent projetées en l'air. Plus loin, sur la route, dans l'immensité du soleil couchant, dans les champs obscurément embrumés, c'était le silence.

La vengeance

La vengeance (Mest'), écrite en russe au printemps 1924, a été publiée dans *Russkoe Ekho* le 20 avril.

1

Ostende, le quai en pierre, la digue blafarde, la lointaine rangée d'hôtels tournaient lentement, s'estompaient dans les embruns turquoise d'un jour d'automne.

Le professeur enveloppa ses jambes dans un plaid et en se renversant dans le confort de son transat grinçant. Le pont ocre et impeccable était plein de monde, mais tranquille. Les chaudières soupiraient discrètement.

Une jeune Anglaise avec des bas de laine montra d'un sourcil à son frère, debout à côté d'elle, le professeur :

— Il ressemble à Sheldon, tu ne trouves pas ?

Sheldon était un acteur comique, un géant chauve, au visage rond et flasque.

— Il apprécie beaucoup la mer... ajouta à voix basse l'Anglaise.

Et puis après, malheureusement, elle s'en va de mon récit.

Son frère, un étudiant roux et pataud qui retournaît à son université — les grandes vacances étaient terminées —, dit en ôtant sa pipe :

— C'est notre professeur de biologie. Un vieillard merveilleux. Je dois le saluer.

Il s'approcha du professeur. Celui-ci souleva ses lourdes paupières. Il reconnut l'un de ses élèves les plus mauvais et les plus studieux.

— La traversée sera superbe, dit l'étudiant en serrant à peine la grande main froide qui lui était tendue.

— J'espère, répondit le professeur en frottant sa joue grise. Oui, je l'espère, ajouta-t-il gravement.

L'étudiant coula un regard sur les deux valises qui étaient à côté du transat. L'une était vieille, elle avait beaucoup vécu : comme des taches de fiente sur les statues, elle était maculée des traces blanches d'anciennes étiquettes. L'autre, toute neuve, orange, aux serrures rutilantes, attira, on ne sait pourquoi, l'attention de l'étudiant.

— Permettez-moi de déplacer votre valise, sinon elle va tomber, proposa-t-il afin d'entretenir la conversation d'une façon ou d'une autre.

Le professeur ricana. Un comique aux sourcils grisonnants, ou bien un boxeur vieillissant...

— La valise, dites-vous ? Mais savez-vous ce que je transporte dedans ? demanda-t-il non sans une certaine irritation. Vous ne devinez pas ? Un objet magnifique !... Un portemanteau d'un type spécial.

— Une invention allemande, sir ? suggéra l'étudiant en se souvenant que le biologiste venait de séjourner à Berlin pour un congrès scientifique.

Le professeur éclata d'un rire grinçant et sonore. Une dent en or étincela comme un feu.

— Une invention divine, mon ami, divine ! Indispensable à tout être humain. Vous transportez d'ailleurs le même objet. Hein ? Ou bien, êtes-vous une méduse, peut-être ?

L'étudiant eut un large sourire. Il savait que le professeur était enclin à faire des plaisanteries obscures. On discutait beaucoup de ce vieillard à l'université. On disait qu'il tourmentait son épouse, une très jeune femme. L'étudiant l'avait vue un jour : une femme toute maigrichonne, aux yeux surprenants...

— Comment va votre épouse, sir ? demanda l'étudiant roux.

— Je vais vous dévoiler la vérité, mon cher ami. J'ai longtemps lutté contre moi-même, mais je suis forcé de vous dire maintenant que... Mon cher ami, j'aime voyager en silence. Je crois que vous me pardonnerez.

Et là, partageant le sort de sa sœur, l'étudiant quitte à jamais ces pages en sifflotant d'un air confus.

Le biologiste, lui, enfonça un feutre noir sur ses sourcils broussailleux pour se protéger les yeux des flots aveuglants et feignit de s'endormir. Son visage gris et glabre, au gros nez et au menton épais, était inondé de soleil, comme sculpté, semblait-il, dans de la glaise humide. Quand un léger nuage d'automne faisait écran, le professeur devenait soudain de pierre, il s'assombrissait, se desséchait. Tout cela, bien entendu, n'était qu'une alternance d'ombre et de lumière, et non le reflet de ses pensées. Il n'est guère probable qu'il eût été agréable de le regarder si ses pensées s'étaient effectivement reflétées sur ses traits.

Le fait est qu'il avait reçu du détective privé qu'il avait embauché à Londres, quelques jours auparavant, un rapport révélant que sa femme le trompait. Il avait intercepté une lettre, rédigée de cette petite écriture qui lui était familière, commençant ainsi : « Mon bien-aimé, mon chéri, je suis encore pleine de ton dernier baiser... »

Cependant, le professeur ne s'appelait pas du tout Jack. Tout le problème était là. Quand il le comprit, il n'éprouva ni de l'étonnement, ni de la douleur, ni même du dépit masculin, mais une haine, acérée et froide comme un bistouri. Il était parfaitement clair pour lui qu'il tuerait sa femme. Sans hésitation. Il ne restait plus qu'à inventer le meurtre le plus douloureux, le plus raffiné qui fût. Allongé dans le transat, il passait en revue pour la énième fois toutes les tortures décrites par les voyageurs et les savants du Moyen Âge. Aucune ne lui semblait suffisamment douloureuse. Quand au loin, à la limite des flots verts, surgirent les rochers blancs de Douvres, il n'avait encore rien décidé.

Le bateau se tut et s'arrêta en tanguant. Le professeur emprunta la passerelle pour chercher un porteur. Le fonctionnaire des douanes énuméra précipitamment les objets interdits à l'importation, puis lui demanda d'ouvrir une de ses valises, la nouvelle, l'orange. Le professeur fit tourner une petite clé dans la serrure et souleva le couvercle en cuir. Derrière lui, une Russe poussa un grand cri : « Mon Dieu ! » puis éclata d'un rire nerveux. Deux Belges, qui se trouvaient à côté du professeur, lui jetèrent un regard torve ; l'un haussa les épaules, l'autre siffla doucement ; des Anglais se détournèrent, impassibles. Sidéré, le fonctionnaire écarquilla les yeux en voyant le contenu de la valise. Ils avaient tous peur et se sentaient mal à l'aise.

Non sans flegme, le biologiste se présenta et mentionna le musée de l'université. Les visages s'éclairèrent. Seules quelques dames parurent navrées d'apprendre qu'il ne s'agissait pas d'un meurtre.

— Mais pourquoi transportez-vous cela dans votre valise ? demanda le fonctionnaire sur un ton de reproche respectueux après l'avoir refermée et griffonné à la craie sur le cuir clair.

— J'étais pressé, dit le professeur d'un air las et renfrogné, je n'avais pas le temps de le boucler dans une caisse. De plus, c'est une chose précieuse, je ne l'aurais pas laissée en bagage non accompagné.

Quoique voûté, le professeur passa d'une démarche souple à côté d'un policeman qui ressemblait à un énorme jouet, et se retrouva sur le débarcadère. Mais il s'arrêta soudain comme s'il se souvenait de quelque chose et, radieux, marmonna avec un bon sourire : « J'ai trouvé... c'est le moyen le plus subtil qui soit. » Il poussa un soupir de soulagement, acheta deux bananes, un paquet de cigarettes, des journaux craquants et vastes comme des draps, et, quelques minutes plus tard, il filait dans un confortable compartiment du Continental Express le long de la mer scintillante, le long des coteaux blancs, le long des pâturages turquoise du Kent.

2

Des yeux merveilleux, en effet... la pupille comme une goutte d'encre brillante sur du satin gris-bleu. Les cheveux courts, or pâle, un casque de duvet luxuriant. Petite, droite, la poitrine plate.

Elle attendait son mari depuis la veille et savait qu'il arriverait à coup sûr aujourd'hui. Vêtue d'une robe grise décolletée, avec des escarpins en velours, elle était assise dans le petit salon, sur un sofa à motifs de paons, et pensait que son mari avait tort de ne pas croire aux esprits et de mépriser ouvertement le jeune spirite écossais aux cils pâles, délicats, qui lui rendait visite parfois. Car il lui arrivait des choses vraiment étranges. Il n'y a pas longtemps, elle avait vu en rêve un jeune homme qui était mort et avec lequel, avant son mariage, elle avait l'habitude de se promener à l'heure où les ronciers en fleur sont d'une blancheur si spectrale. Le matin, encore quasi somnolente, elle avait écrit une lettre au crayon, une lettre à son rêve. Dans cette lettre, elle avait menti à ce pauvre Jack. Car elle l'avait presque oublié : elle aimait d'un amour terrorisé mais fidèle son terrible, son bourreau de mari ; elle avait cependant envie avec des mots terrestres d'envoyer un peu de chaleur, de réconforter ce fantôme d'hôte chéri. La lettre avait mystérieusement disparu du sous-main et, la nuit même, elle avait rêvé d'une longue table de sous laquelle Jack avait soudain surgi pour hocher la tête en signe de remerciement... Il lui était maintenant désagréable, on ne sait pourquoi, de se remémorer ce rêve... C'était comme si elle avait trompé son mari avec un fantôme...

Le salon respirait la chaleur et l'élégance. Un coussin en soie, jaune vif avec des raies violettes, était sur le rebord large et bas de la fenêtre.

Le professeur arriva à l'instant même où elle avait décidé que son bateau avait fait naufrage. En regardant par la fenêtre, elle avait aperçu le toit noir du taxi, la main tendue du chauffeur et les lourdes épaules de son mari qui réglait la course, la tête baissée. Elle fila à travers les pièces, trottina jusqu'en bas de l'escalier, laissant baller ses bras grêles et dénudés.

Il montait à sa rencontre, voûté, dans son ample manteau. Derrière lui le domestique portait ses valises.

Elle se serra contre son écharpe en laine, fléchissant avec légèreté une de ses jambes fines prises dans un bas gris. Il embrassa sa tempe chaude et écarta ses bras avec un bon sourire :

— Je suis couvert de poussière... attends..., marmonna-t-il en lui tenant les mains. Renfrognée, elle secoua la tête, pâle incandescence de cheveux.

Le professeur se pencha pour l'embrasser sur les lèvres et ricana de nouveau.

Pendant le dîner, il raconta son bref voyage en gonflant la cotte de mailles blanches de sa chemise empesée et en remuant vigoureusement ses pommettes luisantes. Il était décemment joyeux. Les revers pointus en soie de son smoking, sa mâchoire de bouledogue, son énorme tête chauve aux veines métalliques sur les tempes, tout cela inspirait à sa femme un merveilleux regret, le regret constant que cet homme, qui étudiait les moindres particules de la vie, ne veuille pas entrer avec elle dans un monde où s'écoulaient les poèmes de De La Mare et où surgissaient des esprits langoureux.

— Alors ! tes fantômes ont cogné en mon absence ? demanda-t-il en devinant ses pensées.

Elle eut envie de lui parler de son rêve, de la lettre, mais elle était un peu gênée...

— Tu sais, poursuivit-il en saupoudrant de sucre la rhubarbe rose, tes amis et toi, vous jouez avec le feu. Il existe des choses véritablement effrayantes. Un médecin de Vienne m'a parlé, il y a quelques jours, de réincarnations incroyables. Une femme — une sorte de voyante, une hystérique — est morte, d'un arrêt cardiaque, je crois, et quand ce médecin l'a déshabillée — c'était dans une masure hongroise, à la lumière des bougies — , il a été surpris : le corps était entièrement recouvert d'un enduit rougeâtre, mou et visqueux au toucher. Et, après l'avoir examiné, il comprit que ce corps, gros et raide, était entièrement constitué d'espèces de fines lanières de peau, comme s'il était ficelé, régulièrement et solidement, de fils invisibles, un peu comme cette publicité pour des pneus français, ce bonhomme entièrement fait de pneus... Seulement chez elle, ces pneus étaient extrêmement fins et rouge pâle. Et alors que le docteur l'examinait, le corps de la morte a commencé à se défaire lentement, comme une immense pelote... Son corps était un ver, grêle et sans fin, qui se déroulait et rampait pour s'en aller en passant sous la porte, alors que sur le lit restait un squelette blanc, encore humide... Mais pourtant cette femme avait eu un mari, il l'avait autrefois embrassée : il avait embrassé un asticot.

Le professeur se versa un verre de porto acajou qu'il se mit à boire à grosses gorgées sans détacher ses yeux froncés du visage de sa femme. Elle haussa frileusement ses épaules maigres et blanches...

— Tu ne sais pas toi-même quelle chose terrible tu m'as racontée, dit-elle, retournée : l'esprit de cette femme est donc parti dans ce ver. Tout cela est effrayant...

— Je pense parfois, dit le professeur qui avait fait péniblement surgir une manchette afin d'examiner ses doigts boudinés, que ma science, en définitive, est une supercherie oiseuse, que les lois physiques sont inventées par nous, que tout, absolument tout, peut arriver... Ceux qui se laissent aller à de telles pensées deviennent fous...

Il étouffa un bâillement en tapotant son poing fermé sur ses lèvres.

— Que t'est-il arrivé, mon ami ? s'exclama à voix basse sa femme. Tu ne parlais jamais ainsi autrefois... J'avais l'impression que tu savais tout... que tu avais tout mis dans des tableaux...

L'espace d'un instant, les narines du professeur se gonflèrent convulsivement, une canine en or scintilla. Mais aussitôt son visage s'amollit de nouveau.

Il s'étira et se leva de table.

— Je bavarde... ce sont des bêtises... dit-il tendrement et tranquillement, je suis fatigué... Je vais me coucher... N'allume pas la lumière quand tu entreras. Couche-toi directement dans notre lit... Notre lit, répéta-t-il sur un ton important et affectueux, comme cela ne lui était pas arrivé depuis longtemps.

Ce mot résonna tendrement dans son âme une fois seule au salon.

Elle était mariée depuis cinq ans, et malgré le caractère bizarre de son mari, malgré ses fréquentes crises de jalousie sans raison, malgré son silence, sa morosité, sa balourdise, elle se sentait heureuse : elle l'aimait et avait de l'affection pour lui. Elle, fine et blanche ; lui, massif, chauve, avec des touffes de poils gris sur la poitrine : ils formaient un couple improbable, monstrueux, et pourtant, ses caresses rares et vigoureuses lui étaient malgré tout agréables.

Dans un vase sur la cheminée, le chrysanthème laissa tomber dans un bruissement sec quelques pétales cornés.

Elle tressaillit, son cœur bondit désagréablement et elle se souvint que l'air était toujours plein de fantômes, que même son savant de mari avait noté une de leurs effrayantes apparitions. Elle se remémora la façon dont Jacky avait surgi de sous la table et lui avait fait un signe de tête avec une tendresse effrayante. Elle eut l'impression que tous les objets de la pièce la regardaient, attentifs. Saisie par un vent de panique, elle se hâta de quitter le salon en étouffant un cri absurde. « Que je suis bête, vraiment... », se dit-elle en reprenant son souffle. Elle examina longuement ses pupilles brillantes dans le miroir de son cabinet de toilette. Son petit visage surmonté d'un duvet d'or lui parut étranger...

Avec la légèreté d'une gamine, vêtue d'une chemise de nuit en dentelle, elle entra dans la chambre sombre en essayant de ne pas heurter les meubles. Elle tendit les bras, chercha à tâtons la tête du lit, se coucha sur le bord. Elle savait qu'elle n'était pas seule, que son mari était juste à côté. Elle leva les yeux un instant sans bouger, sentant son cœur se gonfler sauvagement et sourdement dans sa poitrine.

Quand ses yeux s'habituèrent à l'obscurité découpée par les rayons de lune qui s'écoulaient à travers le rideau de mousseline, elle regarda son mari. Il lui tournait le dos, enveloppé dans une couverture. Elle ne voyait que son crâne chauve qui semblait extraordinairement lisse et blanc dans une mare de clair de lune.

« Il ne dort pas, songea-t-elle affectueusement, sinon il ronflerait... »

Elle sourit, glissa rapidement de tout son corps vers son mari, étendit les bras sous la couverture pour l'enlacer comme elle en avait l'habitude. Ses doigts entrèrent dans des côtes lisses. Son genou se cogna contre un os lisse. Un crâne, faisant tourner ses orbites noires, roula du coussin sur son épaule.

La lumière électrique s'alluma. Le professeur, vêtu de son smoking ordinaire, resplendissant de sa poitrine empesée et gonflée, de ses yeux, de son front immense, sortit de derrière le paravent et s'approcha du lit.

La couverture et les draps emmêlés avaient glissé sur le tapis. Sa femme était étendue, morte, enlaçant le squelette blanc d'un bossu, monté à la va-vite, que le professeur avait acquis à l'étranger pour le musée de l'université.

Bonté

Nouvelle écrite en russe en mars 1924, *Blagost'* a été publié dans *Rul'* le 28 avril de la même année. Ultérieurement reprise dans *Vozvrashchenie Chorba* (Berlin, Slovo, 1930).

J'avais hérité de l'atelier d'un photographe. Il y avait encore une toile mauve appuyée contre un mur représentant un morceau de balustrade et une urne blanchâtre sur un fond de jardin flou. Je suis resté assis jusqu'au matin dans un fauteuil en rotin, comme près de l'entrée de ce lointain en gouache, en pensant à toi. À l'aube il faisait très froid. Peu à peu, dans le brouillard poussiéreux, deux têtes en plâtre émergèrent de l'obscurité : l'une était à ton image, enveloppée d'un chiffon humide. Je traversai cette chambre embrumée — quelque chose s'effrita, craqua sous mes pieds, et avec l'extrémité d'une longue perche j'agrippai les rideaux noirs suspendus comme des lambeaux de drapeaux déchirés le long d'une verrière en pente et les ouvris l'un après l'autre. Ayant laissé entrer le matin — il fronçait pitoyablement des yeux —, j'éclatai de rire sans même savoir pourquoi, peut-être parce que j'étais resté toute la nuit assis dans ce fauteuil en rotin au milieu de la saleté, des débris de plâtre, dans la poussière de pâte à modeler desséchée — et je pensais à toi.

Quand on prononçait ton nom devant moi, voici le sentiment que j'éprouvais : un coup de noir, un mouvement étouffant et fort ; c'est ainsi que tu te tordais les bras en arrangeant ta voilette. Il y a longtemps que je t'aimais ; pourquoi, je l'ignore. Trompeuse et sauvage, vivant dans une oisive morosité.

Il y a quelque temps j'ai trouvé sur la table de ta chambre une boîte d'allumettes vide, un petit tas funèbre de cendres et un mégot doré, grossier, dessus, un mégot d'homme. Je t'ai suppliée de me donner des explications. Tu riais d'un air mauvais. Et puis tu as éclaté en sanglots, et moi, qui t'avais pardonné, j'ai embrassé tes genoux, j'ai pressé mes cils mouillés contre la soie noire et chaude. Ensuite je ne t'ai pas vue durant deux semaines.

Le vent faisait papilloter cette matinée d'automne. J'ai soigneusement posé la perche dans un coin. À travers la fenêtre grande ouverte, on voyait Berlin, ses toits de tuiles — l'iridescence des vitres mal polies rendait leurs contours mouvants — et au milieu des toits s'élevait une lointaine coupole, telle une pastèque de bronze. Les nuages volaient et se déchiraient, dénudant, l'espace d'un instant, le bleu automnal léger et étonné.

La veille, je t'avais parlé au téléphone. Je n'avais pas pu tenir : c'est moi qui avais téléphoné. Nous étions convenus de nous retrouver le jour même près de la porte de Brandebourg. Ta voix, à travers un bourdonnement d'abeilles, était lointaine et inquiète. Elle glissait, disparaissait. Je te parlais, les paupières tout à fait closes, et j'avais envie de pleurer. Mon amour pour toi était une chaleur frémissante, un spasme de larmes. Le paradis m'apparaissait précisément ainsi : le silence et les larmes, ainsi que la soie chaude de tes genoux. Cela, tu ne pouvais le comprendre.

Quand je suis sorti après le déjeuner — pour te rencontrer —, ma tête s'est mise à tourner à cause de l'air sec, du ruissellement de soleil jaune. Chaque rayon résonnait dans mes tempes. De grandes feuilles rousses virevoltaient dans un bruissement sur le trottoir, à la hâte, en se dépassant l'une l'autre.

Je marchais et pensais que tu ne viendrais certainement pas au rendez-vous. Et si tu venais, de toute façon nous nous disputerions encore une fois. Je savais seulement sculpter et aimer. Ce n'était pas assez pour toi.

Voici la porte massive. Les autobus ventrus se frayaient un passage sous les arches et roulaient plus loin le long du boulevard qui part vers le lointain, vers l'éclat bleu inquiétant d'un jour venteux. Je t'ai attendue sous l'ombre pesante, entre les colonnes froides, près de la fenêtre grillagée de la guérite. Il y avait du monde : les fonctionnaires de Berlin rentraient du bureau, mal rasés, une serviette sous le bras, les yeux remplis d'un écœurement trouble comme lorsqu'on fume à jeun un mauvais cigare. Leurs visages fatigués et rapaces, leurs cols larges surgissaient sans fin. Une dame coiffée d'un chapeau de paille rouge passa dans un manteau d'astrakan gris, puis un adolescent en knickers de velours. Et d'autres encore.

J'attendais, appuyé sur une canne, dans l'ombre froide des colonnes d'angle. Je ne croyais pas que tu viendrais.

Mais près d'une colonne, non loin de la fenêtre de la guérite, il y avait un étal — des cartes postales, des plans, des éventails de photos en couleurs — et à côté une petite vieille marron était assise sur un tabouret, courte sur jambes, replète, le visage rond et grêlé ; elle attendait, elle aussi.

J'ai songé : qui de nous deux finira d'attendre le premier, qui viendra le premier — un client ou toi ? La petite vieille avait l'allure suivante : « Je ne fais rien de spécial, je me suis installée ici par hasard ; c'est vrai, à côté il y a une espèce d'étal, avec de petites choses très jolies et curieuses. Mais je ne fais rien de spécial... »

Les gens n'arrêtaient pas de passer entre les colonnes, contournant le coin de la guérite ; d'aucuns regardaient les cartes postales. Alors la petite vieille était toute tendue, elle dévorait de ses yeux éclatants et minuscules le visage du passant, comme pour lui suggérer : achète, achète... Mais celui-ci, après avoir promené son regard sur les photos en couleurs et grises, allait plus loin ; elle baissait les yeux, comme indifférente, et continuait de lire le livre rouge qu'elle tenait sur ses genoux.

Je ne croyais pas que tu viendrais. Mais je t'attendais, comme jamais je n'avais attendu, je fumais nerveusement, scrutais au-delà de la porte la place dégagée au début du boulevard ; et je regagnais mon coin, en m'efforçant de ne pas montrer que j'attendais, en m'efforçant de m'imaginer que là-bas, alors que je ne regardais pas, tu venais, tu t'approchais, que si je jetais un œil encore une fois au loin, derrière le coin, j'apercevrais ton manteau de loutre, la voilette noire de ton chapeau sur les yeux, et c'est exprès que je ne regardais pas, que je chérissais cette tromperie de moi-même.

Il y eut une rafale de vent glacial. La petite vieille se leva, commença à ranger ses cartes de façon plus serrée. Elle portait une espèce de petite pelisse courte, de velours jaune, froncée à la taille. Sa jupe marron remontait plus haut devant que derrière, donnant l'impression qu'elle marchait le ventre en avant. Je distinguais des bourrelets de bonté et de douceur sur son petit chapeau rond, sur ses bottines élimées en bec de canard. Elle s'occupait avec un air affairé près de son étal. À côté, le livre — un guide de Berlin — était resté sur le tabouret et le vent d'automne tournait distraitement les pages, ébouriffait un plan qui tombait en accordéon.

Je commençais à avoir froid. Ma cigarette se consumait de travers et amèrement. Des vagues de fraîcheur hostile me saisissaient la poitrine. Les clients ne venaient pas.

Et la petite vieille s'installa de nouveau, et comme le tabouret était trop haut pour elle, elle dut d'abord se dandiner, les semelles de ses bottines aux bouts arrondis se séparèrent l'une après l'autre du trottoir. Je jetai ma cigarette, la saisis au passage avec le bout de ma canne : éclaboussures de feu.

Une heure environ s'était déjà écoulée, peut-être plus. Comment pouvais-je penser que tu viendrais ? Le ciel s'était imperceptiblement transformé pour n'être plus qu'un nuage, et les passants marchaient avec plus de hâte encore, se voûtaient, retenaient leur chapeau ; une dame qui traversait la place ouvrit en marchant son parapluie... C'eût été tout simplement un miracle si tu avais surgi maintenant.

La petite vieille mit soigneusement un signet dans son livre avant de se perdre dans ses pensées. Elle imaginait, me semble-t-il, un riche étranger descendu à l'hôtel Adlon qui lui aurait acheté toute sa marchandise et, après avoir payé plus qu'il ne devait, lui aurait commandé encore et encore des cartes de paysages, et toutes sortes de guides. Et elle n'avait sans doute pas chaud dans cette petite pelisse en velours. Tu avais pourtant promis de venir. Je me souvenais du coup de téléphone, de l'ombre furtive de ta voix. Dieu ! que j'avais envie de te voir. De nouveau il y eut une méchante rafale de vent. Je relevai mon col.

Brusquement, la fenêtre de la guérite s'ouvrit, un soldat vert héla la petite vieille. Elle glissa rapidement du tabouret et, le ventre en avant, trottina jusqu'à la fenêtre. Le soldat lui tendit d'un geste calme un bol fumant et referma le guichet. Son épaule verte se retourna et partit dans les profondeurs sombres.

La petite vieille retourna à sa place, portant précautionneusement le bol. C'était du café au lait, à en juger d'après la frange marron de la mousse accrochée au bord.

Elle se mit à boire. Je n'ai jamais vu quelqu'un boire avec un plaisir aussi parfait, aussi profond et recueilli. Oubliés l'étal, les cartes postales, le vent froid, l'Américain : elle ne faisait que siroter, suçoter, elle était tout entière dans son café, exactement comme moi qui avais oublié mon attente et ne voyais que la petite pelisse en velours, les yeux éteints par l'extase, ses mains courtes dans leurs mitaines en laine serrant le bol. Elle but longuement, à lentes gorgées, léchant avec vénération la frange de mousse ; elle réchauffait ses mains contre le fer-blanc brûlant. Et dans mon âme coulait une chaleur sombre et sucrée. Mon âme buvait également, se réchauffait également, et il y avait un goût de café au lait près de la petite vieille marron.

Elle finit de boire, se figea un instant, puis se leva et se dirigea vers la fenêtre pour rendre le bol vide.

Mais avant d'y arriver elle s'arrêta. Ses lèvres réunirent un petit sourire. Elle trottina rapidement vers l'étal, détacha deux cartes postales en couleurs et, s'étant de nouveau approchée en courant du grillage en fer de la fenêtre, elle cogna mollement contre la vitre avec son poing laineux. Le guichet s'ouvrit, une manche verte glissa avec un bouton brillant sur le revers, et la petite vieille fourra dans la fenêtre noire le bol, les cartes et s'empressa de hocher la tête. Le soldat se retourna dans les profondeurs en examinant les cartes et referma lentement le guichet derrière lui.

Je sentis alors la tendresse du monde, la profonde bonté de tout ce qui m'entourait, le lien voluptueux entre moi et tout ce qui existe, et je compris que la joie que je cherchais en toi n'était pas seulement celée en toi, mais flottait partout autour de moi, dans les bruits fugitifs qui s'envolaient dans la rue, dans la jupe remontant bizarrement, dans le grondement métallique et tendre du vent, dans les nuages d'automne débordant de pluie. Je compris que le monde n'était pas du tout une lutte, n'était pas des successions de hasards rapaces, mais une joie papillotante, une émotion de félicité, un cadeau que nous n'apprécions pas.

Et c'est à cet instant que tu arrivas enfin : à vrai dire, ce n'était pas toi mais un couple d'Allemands — lui, en imperméable, les jambes dans de longs bas — des bouteilles vertes — elle, maigre, grande, avec un manteau de panthère. Ils s'approchèrent de l'étal, l'homme se mit à faire son choix, et ma petite vieille au café, toute rouge, pleine d'importance, regardait soit ses yeux, soit les cartes postales, faisant travailler d'un air affairé et tendu ses sourcils, comme le fait un vieux cocher pressant de tout son corps une rosse. Mais l'Allemand n'avait pas eu le temps de choisir que sa femme haussa les épaules, le tira par la manche — et c'est alors que je remarquai qu'elle te ressemblait : la ressemblance n'était pas dans les traits, pas dans les vêtements — mais dans cette grimace méprisante et malveillante, dans ce regard glissant et indifférent. Et tous les deux s'en allèrent, sans rien avoir acheté, et la petite vieille se contenta de sourire, remit en place les cartes, se replongea dans son livre rouge. Je n'avais pas de raison d'attendre plus longtemps. Je partis à travers les rues crépusculaires, regardais le visage des passants, attrapais des sourires, de surprenants petits mouvements, la natte d'une gamine qui a lancé un ballon contre un mur, qui bondit, la divine tristesse qui s'est reflétée dans l'œil mauve et ovale d'un cheval ; je saisissais et rassemblais tout cela, alors que les grosses gouttes obliques de la pluie devenaient plus nombreuses, me souvins du refuge frais de mon atelier, des muscles, des fronts et des boucles de cheveux que j'avais sculptés, et ressentis dans mes doigts la légère démangeaison d'une pensée qui commençait à créer.

Il faisait nuit. La pluie volait. Le vent tempétueux m'accueillait dans les tournants. Et puis un tramway rempli de silhouettes noires grinça et fit reluire ses vitres ambrées ; je bondis en route, je me frottai les mains mouillées de pluie.

Dans le tramway, les gens étaient assis, renfrognés, vacillant dans leur somnolence. Les vitres noires étaient couvertes de gouttelettes de pluie, comme un ciel nocturne entièrement parsemé de grains de verre. Nous grondions le long de la rue plantée de marronniers bruissants, et j'avais toujours l'impression que les branches humides cinglaient les fenêtres. Et lorsque le tramway s'arrêtait, on entendait en haut les marrons arrachés par le vent cogner contre le toit : toc ! et de nouveau, élastiquement et tendrement : toc... toc... Le tramway carillonnait et démarrait, et dans les vitres mouillées s'éparpillait l'éclat des réverbères, et j'attendais avec un sentiment de bonheur pénétrant la répétition de ces bruits hauts et brefs. Un coup de frein, un arrêt, et de nouveau un marron sphérique tombait, solitaire, peu après tombait un deuxième, en cognant et en roulant sur le toit : toc... toc...

Natacha	11
Le mot	33
Bruits	43
La vengeance	65
Bonté	79

COLLECTION FOLIO 2€

Dernières parutions

4920. Oscar Wilde	*Le portrait de Mr. W. H.*
4953. Eva Almassy	*Petit éloge des petites filles*
4954. Franz Bartelt	*Petit éloge de la vie de tous les jours*
4955. Roger Caillois	*Noé* et autres textes
4956. Jacques Casanova	*Madame F.* suivi d'*Henriette*
4957. Henry James	*De Grey, histoire romantique*
4958. Patrick Kéchichian	*Petit éloge du catholicisme*
4959. Michel Lermontov	*La princesse Ligovskoï*
4960. Pierre Péju	*L'idiot de Shanghai* et autres nouvelles
4961. Brina Svit	*Petit éloge de la rupture*
4962. John Updike	*Publicité* et autres nouvelles
5010. Anonyme	*Le petit-fils d'Hercule. Un roman libertin*
5011. Marcel Aymé	*La bonne peinture*
5012. Mikhaïl Boulgakov	*J'ai tué* et autres récits
5013. Sir Arthur Conan Doyle	*L'interprète grec* et autres aventures de Sherlock Holmes
5014. Frank Conroy	*Le cas mystérieux de R.* et autres nouvelles
5015. Sir Arthur Conan Doyle	*Une affaire d'identité* et autres aventures de Sherlock Holmes
5016. Cesare Pavese	*Histoire secrète* et autres nouvelles
5017. Graham Swift	*Le sérail* et autres nouvelles
5018. Rabindranath Tagore	*Aux bords du Gange* et autres nouvelles
5019. Émile Zola	*Pour une nuit d'amour* suivi de *L'inondation*
5060. Anonyme	*L'œil du serpent. Contes folkloriques japonais*

5061. Federico García Lorca	*Romancero gitan* suivi de *Chant funèbre pour Ignacio Sanchez Mejias*
5062. Ray Bradbury	*Le meilleur des mondes possibles et autres nouvelles*
5063. Honoré de Balzac	*La Fausse Maîtresse*
5064. Madame Roland	*Enfance*
5065. Jean-Jacques Rousseau	*« En méditant sur les dispositions de mon âme... » et autres rêveries, suivi de Mon portrait*
5066. Comtesse de Ségur	*Ourson*
5067. Marguerite de Valois	*Mémoires. Extraits*
5068. Madame de Villeneuve	*La Belle et la Bête*
5069. Louise de Vilmorin	*Sainte-Unefois*
5120. Hans Christian Andersen	*La Vierge des glaces*
5121. Paul Bowles	*L'éducation de Malika*
5122. Collectif	*Au pied du sapin. Contes de Noël*
5123. Vincent Delecroix	*Petit éloge de l'ironie*
5124. Philip K. Dick	*Petit déjeuner au crépuscule et autres nouvelles*
5125. Jean-Baptiste Gendarme	*Petit éloge des voisins*
5126. Bertrand Leclair	*Petit éloge de la paternité*
5127. Alfred de Musset - George Sand	*« Ô mon George, ma belle maîtresse... » Lettres*
5128. Grégoire Polet	*Petit éloge de la gourmandise*
5129. Paul Verlaine	*L'Obsesseur précédé d'Histoires comme ça*
5163. Akutagawa Ryûnosuke	*La vie d'un idiot précédé d'Engrenage*
5164. Anonyme	*Saga d'Eiríkr le Rouge suivi de Saga des Groenlandais*
5165. Antoine Bello	*Go Ganymède!*
5166. Adelbert von Chamisso	*L'étrange histoire de Peter Schlemihl*
5167. Collectif	*L'art du baiser. Les plus beaux baisers de la littérature*
5168. Guy Goffette	*Les derniers planteurs de fumée*

5169.	H. P. Lovecraft	*L'horreur de Dunwich*
5170.	Léon Tolstoï	*Le diable*
5184.	Alexandre Dumas	*La main droite du sire de Giac* et autres nouvelles
5185.	Edith Wharton	*Le miroir* suivi de *Miss Mary Pask*
5231.	Théophile Gautier	*La cafetière* et autres contes fantastiques
5232.	Claire Messud	*Les Chasseurs*
5233.	Dave Eggers	*Du haut de la montagne, une longue descente*
5234.	Gustave Flaubert	*Un parfum à sentir ou Les Baladins* suivi de *Passion et vertu*
5235.	Carlos Fuentes	*En bonne compagnie* suivi de *La chatte de ma mère*
5236.	Ernest Hemingway	*Une drôle de traversée*
5237.	Alona Kimhi	*Journal de Berlin*
5238.	Lucrèce	« *L'esprit et l'âme se tiennent étroitement unis* ». Livre III de « *De la nature* »
5239.	Kenzaburô Ôé	*Seventeen*
5240.	P. G. Wodehouse	*Une partie mixte à trois* et autres nouvelles du green
5347.	Honoré de Balzac	*Philosophie de la vie conjugale*
5348.	Thomas De Quincey	*Le bras de la vengeance. Nouvelle gothique*
5349.	Charles Dickens	*L'embranchement de Mugby*
5350.	Épictète	*De l'attitude à prendre envers les tyrans*
5351.	Marcus Malte	*Mon frère est parti ce matin...*
5352.	Vladimir Nabokov	*Natacha* et autres nouvelles
5353.	Arthur Conan Doyle	*Un scandale en Bohême* suivi de *Silver Blaze. Deux aventures de Sherlock Holmes*
5354.	Jean Rouaud	*Préhistoires*
5355.	Mario Soldati	*Le père des orphelins*
5356.	Oscar Wilde	*Aphorismes* et autres textes

*Composition Nord Compo
Impression Novoprint
à Barcelone, le 9 décembre 2011
Dépôt légal : décembre 2011*

ISBN 978-2-07-044538-7 / Imprimé en Espagne.

237373